SV

Heute morgen,
um 4 Uhr 11, als ich
von den Wiesen zurückkam,
wo ich den Tau aufgelesen habe

Buch 5

Heute Morgen
5.3

1. Irre. Roman, 1983
2.1 Krieg. Stücke, 1986
2.2 Hirn. Schriftzugabe, 1986
3. Kontrolliert. Geschichte, 1988
4.1 Festung. Stücke, 1993
4.2 1989. Material, 1993
4.3 Kronos. Berichte, 1993

5. Heute Morgen

5.1 Rave. Erzählung, 1998
5.2 Jeff Koons. Stück, 1998
5.3 Dekonspiratione. Erzählung, 2000
5.4 Celebration. Texte und Bilder zur Nacht, 1999
5.5 Abfall für alle. Roman eines Jahres, 1999

Rainald Goetz
Dekonspiratione

Suhrkamp Verlag

1. Auflage 2000

Druck: Nomos Verlagsgesellschaft, Baden-Baden
Printed in Germany

Dekonspiratione
Erzählung

Da geht was, da geht was.

Absolute Beginner

I
Liebende, Fremde

»Ihr wollt
ein Liebeslied, ihr kriegt
ein liebes Lied.«

Erstmal schön locker machen, sagt Katharina. Benjamin breitet die Arme aus und widerspricht. Es war ein herrlicher Abend, im Haus der Wahrheit der Gesellschaft.

Ich hatte Christian telefonisch abgesagt.

Später saßen wir im Taxi, Max und ich, und redeten über das neue Video, die Ausstellung, die Platte und unsere Lesung nachher, nachts.

EINER JUNGEN FRAU

»die Schwermutsschnellen hindurch«

Ich könnte da weggehen, klar, aber im Moment –

Es ist jetzt nicht mehr sehr viel übrig von ihr, ich weiß, das sieht sie ein. Ich: dieses Bündel, die Türe, der Schaffner, mitten im Lärm, wie der jetzt schaut, der Arme. Ich verstehe die Menschen, ihre Fragen, und kann sehr wohl lesen im Gesicht des Fremden, eine milde Emotion. Die Hilfe, die noch helfen könnte, ist aber durch Störungen interner Natur, eventuell auch durch Komplikationen, naja, letztlich –

kosmischer Art –

stop. Wenn man so denkt, wird es kritisch, wie sollen die Leute da reagieren? Das ist klar. Der Punkt ist nur: irgendwann kann man es plötzlich keinem mehr darlegen, wie es sich darstellt alles, einem. Wie es ist. Wie man es sieht, wie es sich anfühlt für einen, was los ist, in einem. Sie zieht die Kapuze über den Kopf, zieht sie weiter vor, rein ins Gesicht. »Kalt«, sagt sie, lacht. »Kalt ist Ihnen?«, fragt der Schaffner. »Ach, ich glaube, ich weiß nicht.« Sie winkt ab. Sie deutet an, dass – . Nein, falsch, sie nickt ihm zu, im Sinn von: es ist gut. Sie lacht ihn an. Doch er geht nicht. Er nickt zurück, er schaut, steht da, dann nickt er wieder. Er steht da und schaut und nickt. Er richtet sich auf, atmet ein.

FÜR BENJAMIN

»unsere Sehnsucht aber ist die Bewegung«

Katharina geht zurück an ihren Platz, ein leerer Vierer mit Tisch, und setzt sich hin. Packt ihr Zeug aus, wirft die Zeitungen, Zeitschriften und Papiere auf den Nebensitz, legt den Walkman vor sich hin, stellt das Handy aus und fängt an zu blättern und zu lesen.

ICE 662 Marie Luise Kaschnitz. Berlin, Hannover, Frankfurt, München.

Schopenhauer, meinte Max vorgestern, wegen Hannover, in der Leibnizklause, nicht Hegel. Dann zitierte er Schopenhauer-Sprüche aus den Vorreden, Zusätzen und Nachbemerkungen, immer im Hinblick auf den schopenhauerschen Wahnsinn, der Wahrheit sein ganzes Leben gegeben zu haben, mit aller Kraft, und am Schluss interessiert das kaum jemanden. Die Heiterkeit, die darin liegt, in diesem Missverhältnis: »Nicht den Zeitgenossen, nicht den Landesgenossen – der Menschheit übergebe ich mein nunmehr vollendetes Werk, in der Zuversicht, dass es – .«

In dem Ton, immer in dem Ton, nur so. So geht das da, die ganze Zeit, das ganze Buch.

Banana Yoshimoto, Interview. Die 33jährige Erfolgsautorin hat mit ihrem neuen Buch LOST IN STARS einen Roman über das literarische Leben in Japan geschrieben.

Die Geschichte der jungen Schriftstellerin Eriko wird aus Sicht der Heldin erzählt. Mit ihrem Debüt-Band DISCO BLOODBATH, Geschichten aus der Nachtlebenwelt Tokios, hatte sie einen großen Verkaufserfolg gelandet. Autobiographische Elemente, erklärt Banana Yoshimoto, spielen auch in ihrem neuen Buch mit rein, aber zum ersten Mal hätte sie sich eher über andere Figuren ihrem Thema genähert.

Lost in Stars, in Japan derzeit auf Platz 5 der Bestsellerlisten, wird im nächsten Frühjahr, wie die früheren Bücher der Autorin, wieder bei Diogenes erscheinen. Banana Yoshimoto schreibt zur Zeit in Hollywood an einer Drehbuch-Fassung des Romans. Roland Emmerichs Produktionsfirma Dream Works hat den Stoff gekauft und plant eine Verfilmung mit Gwyneth Paltrow in der Hauptrolle der jungen Autorin.

Im Nachlass der Londoner Dramatikerin Sarah Kane, die sich mit noch nicht 28 Jahren im Frühjahr das Leben genommen hat, wurde ein Prosa-Manuskript von etwa 80 Seiten gefunden. Das theoretische Werk mit dem Titel WITTGENSTEIN. SEELE wird von Marius von Mayenburg übersetzt und für eine Aufführung an der Berliner Schaubühne eingerichtet. Thomas Ostermeier, der designierte Chef dort, will das Stück gegen Ende seiner ersten Spielzeit selbst inszenieren.

Christian Ulmen wechselt zu Harald Schmidt.

Wie die Produktionsfirma der Harald-Schmidt-Show, Bonito, jetzt bestätigt, hat sie den 23jährigen ehemaligen MTV-Moderator Christian Ulmen unter Vertrag genommen. Zuletzt war Ulmen mit MTV-ALARM erfolgreich gewesen, hatte den Sender dann aber im Frühjahr überraschend verlassen.

Bei Bonito soll Christian Ulmen zunächst an der geplanten Reform der Harald-Schmidt-Show mitarbeiten. Außerdem werde ein neues Kultur-Talk-Format entwickelt, NOTHING SPECIAL, das eventuell schon im Herbst auf Sendung gehen wird. Der Vertrag mit Christian Ulmen soll eine Laufzeit von drei Jahren haben und mit 4,5 Millionen Mark dotiert sein.

Deutsch-Abitur.

An Bayerns Schulen beginnt heute das schriftliche Abitur mit der Prüfung im Fach Deutsch.

1. Gedichtinterpretation. Ingeborg Bachmann: »Die große Fracht«.

2. Die Gegendarstellung. Interpretation einer dpa-Meldung: Der Rechtsstreit zwischen Martin Roda Becher und der Familie Zoë Jenny. Stellen Sie den Konflikt und seine rechtlich-ethischen Implikationen dar.

3. »Ich muss heute abend noch zu Ihnen kommen und zu Ihrem Herzen sprechen.« Martin Heideggers Philosophie zu Beginn der 30er Jahre, aus Sicht von Hannah Arendt in »Die Politik der Liebe«. Entwickeln Sie beide Positionen und nehmen Sie Stellung.

Der westliche Kreuzzug.

Frank Schirrmacher, Herausgeber dieser Zeitung, hat die wichtigsten Stimmen zum Krieg im Kosovo, die im Feuilleton dieser Zeitung zu Wort kamen, in einem Band zusammengestellt. Namhafte Schriftsteller und Intellektuelle aus der ganzen Welt diskutieren hier über die Luftschläge der Nato und die Risiken des Krieges. Die Beiträge dieser sehr kontrovers geführten Debatte wurden auch in vielen ausländischen Zeitungen nachgedruckt.

Deutsche Verlags-Anstalt, Stuttgart 1999, 256 S., br., 28.- DM.

Agota Kristof, Das große Heft.

Flaubert, Die Erziehung des Herzens.

Rosalind Krauss, Bachelors.

Gunther Teubner, Drei persönliche Begegnungen.

Böll, Gruppenbild mit Dame.

Thomas Meinecke, Tomboy.

Sten Nadolny, Netzkarte.

Bodo Kirchhoff, Bodybuilding.

Ian McEwan, Amsterdam.

Bemerkungen des Autors.

Anmerkung des Übersetzers.

Nabokov: »Spannend, schockierend und heiter.« (»New York Times«)

»Eine kleine Sensation, eine große Erzählung.« (»Die Zeit«)

Simone de Beauvoir, Aus Gesprächen mit Jean-Paul Sartre.

KATHARINA GIOVINETTI

»Grundriss einer allgemeinen Theorie«

Katharina kuckt hoch, da redet wer. Die Tempoanzeige meldet: 180 km/h. Draußen zieht die Welt dahin, ganz ruhig. Man merkt das kaum, dass der Zug so schnell fährt. Sie schaut hinaus, schaut auf die Uhr, auf den Zugbegleiter-Plan, dann wieder raus. Die Landschaft weiß nichts von Sinnesdaten, Wahrnehmung, den Wiesen Alteuropas. Da stehen drei Häuser zusammen und bilden einen Hof. In der Ecke stapelt sich ein Haufen kleiner Kisten. Es ist Anfang Mai. Morgens, kurz vor neun.

Nach dem Streit mit Benjamin gestern abend hat Katharina bei Rebecca angerufen und sie gefragt, ob sie kurzfristig paar Tage zu ihr nach München kommen kann. »Ich habe so Sehnsucht nach München«, sagte sie. Und Rebecca hat, ohne weitere Fragen zu stellen, sofort zugesagt. Sie freut sich, Katharina soll kommen, das Wetter in München wäre herrlich.

So stand sie vorhin am Fahrkarten-Schalter, anstatt, wie sonst Montagmorgen, auf Bahnsteig drei, wo der Zug nach Hamburg abfährt. Und auf die Frage der Frau am Schalter, ob hin und zurück, sagte sie: »Nee, einfach.« Und die sagte: »München einfach also.« Genau. Sie zahlte, bedankte sich und nahm das Ticket. Es war noch Zeit genug, und sie ging nochmal zurück durch die große Halle, am öffentlichen Fernseher vorbei, am Blumenladen, am Tabakgeschäft, rein zur Presse. Dort nahm sie paar Zeitschriften aus den Regalen. Der Mann an der Kasse meinte: »Na, Sie haben ja noch was vor heute, was? Da wünsche ich eine gute Reise.«

Oben am Kiosk kaufte sie sich einen Kaffee und ein Hörnchen, aß und trank und schaute auf ihre Sachen, die in der Morgensonne am Bahnsteigboden lagen. Sie zündete sich eine Zigarette an und rauchte.

Der Streit mit Benjamin hatte angefangen wegen: Luther. Sie hatten geredet über Geist des Kapitals, die Reformation, England, Amerika, Popverständnis dort und hier, und Benjamin hatte behauptet, Luther hätte genau gewusst, was er anrichtet. Das Ausmaß des Umsturzes überblickt. Genauso wie Nietzsche. Dann kamen alle möglichen Belege, das Cranach-Bild, die Tagebücher, Luthers Naturell, die historische Situation: Benjamin redete, und Katharina schaute ihn an, sagte nichts, und er redete und redete. Plötzlich fiel es ihm doch auf und er sagte: »Musst du doch zugeben?« Und sie: »Finde ich nicht.« – »Was?! Wie?!« Was würde sie nicht finden, völlig hysterisch.

Sie hatte ihm dann seine Arroganz vorgeworfen. Dass er sich hier also auf eine Stufe mit Luther und Nietzsche stellen würde, implizit, wenn er so genau, wie er behauptet, wissen würde, wie die sich gefühlt hätten. Und dass diese Anmaßung wohl etwas lächerlich wäre. Wenn man mal die Realität seines wirklichen Lebens dazunehmen würde. Damit hatte sie den bösartigsten Sprengsatz getriggert, versehentlich. Benjamin sank in sich zusammen. Plötzlich waren sie am Punkt der Unumkehrbarkeit, noch nicht ganz, aber fast. Da wurde Katharina ruhig und entschlossen.

Sie hatten oft darüber geredet, über Benjamins mittelprächtiges Loserleben als Talent im Wartestand, vielleicht sogar noch halbwegs okay vor paar Jahren, heute schon lange nicht mehr. Sie sagte ihm, dass sie den Respekt vor ihm verloren hätte. Dass sein Denken sich, seit sie sich kennen, keinen halben Millimeter weiterentwickelt hätte. Dass sie dieses Gespräch über die Reformation vor vier Jahren auch schon hätten führen können, und er hätte genau die identischen Sachen gesagt. Und wie trostlos und lächerlich seine übertriebene Emphase wirken würde. Ob ihm das noch nie selber mal aufgefallen wäre?

Benjamin hatte sich hingesetzt, die Hände auf die Küchenschürze gelegt – während des Luther-Monologs hatte er gerade abgespült –, und er schaute Katharina an und nickte. Er gab ihr Recht. Fertig. Das wars. Er wehrte sich noch nicht mal. Es gab kein Geschrei und kein Gezeter. Es war eine Exekution, ansatzlos. Dann war es still. Jetzt hätte die halbe Wendung kommen müssen, der Aufschub. Eine Geste oder ein Blick, und alles eben Gesagte wäre noch einmal zu relativieren gewesen. Aber nur durch Katharina. Benjamin hatte ihr das Gnadenrecht aufgedrängt, das empörte sie. Sie sollte sein Diktat noch einmal annehmen, das seiner Schwäche. Und sie sagte nur: »Das kannste dir jetzt bitte auch sparen, Benny.« Da war die andere Seite noch einmal mit im Spiel. Es war der letzte Moment dieser Geschichte. Katharina blieb kurz stehen und ging dann raus.

Ich träume von einer Gesellschaft, in der auch die Würde von Schwachen und Ängstlichen geachtet wird. Der Satz steht unter dem Bild eines Gerichtspräsidenten, der in den Ruhestand geht und auf einer ganzen Seite interviewt wird, in der Süddeutschen Zeitung. Er heißt Thomas Dieterich, er ist der bisherige Bundesarbeitsgerichts-Präsident. Noch ist das Gericht in Kassel.

Sie waren damals dort gewesen, zur Documenta X, im Sommer vor zwei Jahren. Es war der Hitzesommer 97. Ein verlängertes Wochenende, jeden Tag hatte es an die 30 Grad Hitze. Sie gingen über die Documenta-Wiesen, lagerten im Gras und lasen sich gegenseitig aus dem Documenta-Katalog die Aufsätze vor. Und der, der nicht lesen durfte, durfte auf dem Knie des anderen eindämmern. Sie: »Du hörst ja gar nicht mehr zu.« Er: »Doch, und wie!« Dauernd musste man was trinken. Sie entdeckten eine ländliche Eisdiele und diskutierten dort über politische Kunst. Sie tranken Campari-Orange, gingen wieder raus und steuerten einen nächsten Fixpunkt an. Die Zeitschrift WALLPAPER hatte ihre Redaktion nach Kassel verlegt, das Kunstwerk war die Produktion der Herbstnummer. Da konnte man hingehen und zuschauen. Sie kuckten sich Stefan Puchers Proustprojekt an, in einer Tiefgarage, nachts. »Theatrale Momente der Liebe« hieß es auf dem Flyer, Fremde, die sich sehen, beobachten, in kurze Beziehung zueinander kommen und wieder voneinander wegdriften. Eine Sprinkler-Anlage ging an, Sirenen heulten, da war gar nicht klar, ob das Inszenierung war oder echt.

An den beiden anderen Abenden wanderten sie relativ früh zu ihrem Pensions-Hotel, etwas außerhalb des Zentrums, und lagen dort dann stundenlang nackt auf den Laken rum. Der Fernseher lief. Und der Sex war Glücks- und Liebessex, weil sie so verliebt waren.

Danach kam die Krise. In Kassel hatte Katharina gedacht, jetzt, jetzt geht das los, das andere, von dem man immer wieder hört. Das Gleichmaß, die Ruhe, der Anfang des irgendwie richtig Großen. Nein, es war anders. Es gab Streit. Sie rauften sich immer wieder zusammen. Sie probierten die üblichen Methoden. Die Probleme zu besprechen. Oder genau nicht. Sich gegenseitig alle sogenannten Freiheiten lassen, oder lieber nicht, und stattdessen panisch duomäßig aneinander hängen. Trotzdem entstand zwischendurch die Zuversicht, dass sie zusammengehören. Dass alles richtig ist. Dass alles gut wird.

Irgendwann hatten sie aufgehört, zusammen auszugehen. Sie kochten zusammen, fernsehten zusammen, verfolgten größere gemeinsame Lektüreprojekte und redeten animiert aufeinander ein: das waren die Wochenenden in Berlin. Unter der Woche führte Katharina in Hamburg ein eigenes Leben. Sie dachte dann nicht sehr an Benjamin, das fühlte sich richtig an. Nur manchmal merkte sie jetzt, dass sie mit ihm Mitleid hatte. Da war sie erschrocken neulich. Das hatte sie traurig gemacht.

Hass als Stichflamme, die plötzlich erhellt; aber dann verdummt er mich. Schreibt Max Frisch. Katharina hat ihre Unipapiere rausgenommen, auch weil der Typ, der vorhin in Bielefeld zugestiegen ist und sich an den freien Vierertisch gegenüber gesetzt hat, mit einem solchen Ernst in einem Lehrbuch liest. Könnte Maschinenbau sein, aber auch Physik, vielleicht auch irgendwas Psychomäßiges. Er hat dunkle Haare, ist groß, blass, etwas schmal und insgesamt auf eine höflich gefasste Art bei sich. Jetzt hört er auf zu lesen und schaut raus und denkt irgendwas. Die Augen stehen vielleicht zu eng. Jetzt schaut er her, und Katharina kuckt auf ihre Papiere.

Frisch, Bachmann, Johnson. Tagebuch-Seminar, Teil zwei. Übermorgen in einer Woche ist das Referat, die Grundidee steht, Malina als Tagebuch gelesen. Sie hat das Material gesichtet, die Sekundärliteratur gescannt, und muss das Ding eigentlich nur noch – wie heißt das immer so schön: niederschreiben. Vielleicht gelingt das jetzt. Sie könnte die Woche über in München bleiben, zu den Theaterwissenschaftlern in die Bibliothek gehen und ihr kleines Bachmann-Referat schreiben: DISKRETION ALS FORM. Der Roman Malina und sein Gegentagebuch.

Das Referat an sich ist kein Problem. Es geht um Fragen der Größenordnung. Bartels hatte bei der Themenbesprechung sofort gesagt: »Damit können Sie sich bei mir auch habilitieren, Frau Giovinetti. Wenn ich dann noch hier bin.« Das war als Spott gemeint, weil er den übergroßen Zuschnitt des Themas lächerlich fand. »Vertrauen, Verrat, Dichtung und Wahrheit«, meinte er, »hätten Sie es nicht vielleicht eine Nummer kleiner?«

Aber dann macht er ihr doch ein ernstgemeintes Angebot: sie könnte eine der beiden Tutorienstellen bei ihm haben, den Sommer über. Da hätte sie das Briefe-Seminar mit vorzubereiten. Und dann könnte man sich im Wintersemester eine realistische Perspektive für ihr Thema überlegen. Das Thema an sich wäre gut, sehr ausbaufähig, und er würde es ihr auch zutrauen. Es müsste nur viel schärfer eingegrenzt werden.

Eingrenzung. Kann man auch als Sport verstehen, eine geistige Disziplin. Die Erstintuitionen sind wirr, kompliziert, und dann muss man dafür wissenschaftliche Normalstandards finden, aber so, dass noch etwas übrig bleibt von den ursprünglichen Erstideen. Dass man noch das Gefühl hat, am Schluss, die Dinge, um die es in den Arbeiten geht, hätten auch mit dem echten Leben etwas zu tun, mit den eigenen Erfahrungen.

Am Anfang des Studiums denkt man, man hätte an der Schule in den letzten beiden Jahre interessantere Themen auf interessantere Art behandelt als an der Uni. Es wurde einem zu wenig Raum gelassen. In dem Anz-Proseminar über Deutsche Soaps kamen einige interessantere Leute von der Journalistenschule dazu. Dort hatte Katharina Claudia wiedergetroffen, die ein Jahr früher als sie Abitur gemacht hatte, und durch die dann Rebecca und Johanna kennengelernt, und die anderen vom SZ-Magazin und vom Jetzt.

Eingrenzung würde hier heißen: die Auseinandersetzung mit dem Frisch-Tagebuch bleibt draußen. Die Auseinandersetzung mit dem Johnson-Lektorat des Frisch-Tagebuchs bleibt draußen. Und draußen bleibt die Parallele zu den Jahrestagen von Uwe Johnson. Die Paranoia-Geschichte mit dem Treuebruch-Geständnis seiner Frau. Die Wahnsinns-Dimension dieser Geheimdienst-Verwicklung, die neuen Unterlagen dazu. Und der Einbruch im Haus von Uwe Johnson, nach seinem Tod, durch diesen Stern-Reporter.

Plötzlich fällt Katharina auf, dass sie unabsichtlich einen relativ künstlichen Konzentrations-Stunt für den Typ gegenüber aufgeführt hat, in dem Moment, wo der antwortet. Und zwar dadurch, dass er ein Buch aus seiner Tasche nimmt, ein dickes kleines Taschenbuch. Das legt er so auf den Tisch, dass Katharina das lesen kann, während er weiter seine Tasche durchsucht. Und das Buch ist: Glamorama.

Das hätte sie dem Typ nicht zugetraut. Das Lehrbuch ist ein Psychologie-Lehrbuch, von Springer. Ein Psychologie-Student, der Bret Easton Ellis liest, und zwar im Original, bevor die Übersetzung erschienen ist. Darüber hatten sie geredet neulich, dass Glamorama im Herbst bei Kiepenheuer kommt. Der Psychologe hat Katharina dann genügend Zeit gegeben, das zu sehen, und taucht aus seiner Tasche wieder auf. Bringt von da ein Schmunzeln mit, das ist fast eine Frechheit. Oder gilt das gar nicht ihr? Da schaut er sie freundlich fragend an, und sie schaut wieder auf ihre Papiere.

Ziemlich viel Aktion, für einen Augenblick von zwei Sekunden höchstens. Was war das? Auf jeden Fall ein Blick am Schluss. Und da fällt ihr ein, dass sie das wegen Benjamin so erlebt, weil sie es ihm nicht mehr erzählen wird. Und sie überlegt, ob das blöder Frauenzeitungskram ist, so zu denken, oder Realismus. Und da fragt der Typ, ob er sich die taz ausborgen kann.

Naja. Wenn er wenigstens nach der Allegra gefragt hätte. Nein, die taz. Er will sich interessant machen, auf die ultrabiedere Art. »Ja, natürlich, bitteschön«, sagt Katharina, und er steht auf, und sie gibt ihm die Zeitung. Dann fängt er brav zu lesen an, auf der ersten Seite. Man kann doch die taz nicht auf der ersten Seite zu lesen anfangen. Es sei denn, man ist ein kompletter Idiot. Er schaut aber nicht aus wie ein Idiot.

Eben war es noch angenehm, die Spannung, der Fremde. Schon ist man mitten drin in einer Situation, zu zweit. Draußen ziehen Felder vorbei. Die Sonne scheint, der Himmel ist blau. Und in der Ferne sieht man Dunst, der kommende Hitze verheißt, ein Ort mit Häusern, ganz nah, ganz schnell vorbei. Da stand eine Frau im Garten, die Wäsche aufhängt. Dabei schaute sie an der Leine vorbei zu dem Wasserbecken aus Plastik, ein kleines, rundes, buntes Aufblas-Ding, mit Kind drin. Körper, Süden, Sex. Ein Gedanke, der Heiterkeit bewirkt. Mit Martin könnte sie darüber sprechen. Sie schaut den Fremden an.

Martin hat zu Katharina gesagt: er muss das Gefühl haben, wenn er am Schreibtisch sitzt, das würde sexy ausschauen. »Wie?, sexy?«, hatte sie gefragt. »Ja, sexy«, ob sie das nicht kennt? Nee, auf die Idee war sie noch nie gekommen. Er: er muss sich lässig angezogen fühlen, das Zimmer muss aufgeräumt sein, der Schreibtisch, der Computer, die Bücher um ihn rum, der Kaffee, den er trinkt. Er würde sich selber immer in einer Filmszene sehen, beim Arbeiten. Katharina kam das komisch vor.

Noch bevor sie Martin kennengelernt hatte, hat Benjamin oft von Martin erzählt, zu oft, fand Katharina, und zu begeistert. Martins tolle Ansichten, seine interessanten Urteile, seine vielen Projekte vorallem. Das war in der Zeit, kurz bevor Benjamin in Martins Firma eintrat, im Herbst vor zwei Jahren. Wo Benjamin alles, was mit Martin zu tun hatte, übertrieben positiv sah. Werbung, Filme, Videos, Theater. Und Martins geniales Buchprojekt DAS BÖSE BUCH. Benjamin erzählte in einer Art über Martin, als würde eine Ausrede benötigt, für irgendetwas.

Draußen fährt jetzt ein Schiff auf einem Laster vorbei, bugoben, und ein silberner Audi TT überholt die Kolonne, schießt vor, und die Straße kommt dem Zug sehr nahe, für einen Augenblick. Katharina steht auf und sagt: »Ich geh mir mal einen Kaffee holen. Soll ich dir was mitbringen?« Der Typ überlegt einen Moment, schaut sie an und freut sich sichtlich.

»Nee«, sagt er, »ist okay.«

»Okay, dann nicht.«

Sie dreht sich leicht und geht dann los. Aus der Mitte des Atems in einem gehen, Ballett. Der Zug ist relativ leer. Blicke, Beine, Hosen, Falten. Man geht auch durch Räume von Gerüchen. Ein unglaublicher Datenstrom, die alten Menschen, all die Leben, die Gesichter. Katharina hat damals, in der Zeit der Krise, ein Buch über die Liebe angefangen, ohne Benjamin davon zu erzählen. Aber im Purgatory hatte sie Martin einmal eingeweiht. Sie waren beide sehr betrunken. Und sie hat zu ihm gesagt: »Ich schreibe da dieses Buch über die Liebe«, und sofort zu reden aufgehört, weil sie merkte, dass das falsch war. Sie hatten danach nie mehr darüber gesprochen. Aber seine scharfe Bemerkung war Katharina genau in Erinnerung geblieben: »Über die Liebe? Vergiss es, Schätzchen. Da bist du schon bisschen zu alt dazu.« – »Was?« – »Oder eben zu jung. In deinem Alter weiß man nicht, was das ist: Liebe, Leidenschaft.« Und sie hatte nur gedacht: blöder Idiot. Aber danach hatte Katharina ihr Gegenbuch zu Martins Bösem Buch, denn als das hatte sie ihr Buch gesehen, aufgegeben.

Das war ihr eben eingefallen durch ein Gesicht, an dem sie vorbei gegangen war, ein Tod-in-Venedig-Typ war da gesessen, ein echter Aschenbach, ein Gustav Aschenbach, mit einem superleganten Schnauzer, superelegant angezogen, und er hatte einen Wohlgeruch um sich, Allure, für Frauen. Dadurch hatte sie an Julien Green gedacht und dass – . Aber da steht sie vor der Bistro-Theke und kuckt auf die Zeitungen links hinter

Glas, auf die Bild-Schlagzeile: »Große Sorge um Jan Bernd Schrödinger«. Daneben steckt die Welt. Normale Zeitungen gibts da gar nicht.

»Sie wünschen?«

»Einen Kaffee bitte.«

»Zum Mitnehmen?«

»Ja.«

»Milch und Zucker ham wir hier.«

»Sehr schön.«

»Vier Mark achtzig bitte.«

»Stimmt so.«

»Danke.«

»Wiedersehen.«

Katharina rührt die Milch und den Zucker mit dem kleinen Holzstecken in den Kaffee, schleckt das Ding ab, und dann hält der Zug. Würzburg. Mist. Sie hat keine Lust, sich durch die Leute zu drängeln, schaut sich die Bistro-Szenerie an, kauft die Bild-Zeitung und fragt die Dame mit den rosa Haaren, ob da noch Platz wäre? »Selbstverständlich.« – »Vielen Dank.« Dann faltet sie die Zeitung auf und liest den Hetz-Artikel über Schrödinger, das heißt, drei mal zwei Zeilen sind das hier, auf der ersten Seite, unter der Überschrift. Daneben ist das Foto, der Typ klassisch abgeschossen in einer Tiefgarage, mit diesem Barschel-Blick. Schrödinger ist nicht zurückgetreten, hat nichts unterschrieben, bestreitet alles, Schmutzkampagne, und er ist seit Freitag letzter Woche verschwunden. Das ganze Drama, Seite sieben.

Der Zug fährt wieder. Der Kaffee schmeckt gut. Katharina liest die kleinen Meldungen links, und hinter den Hügeln verschwinden die vier Türme der Würzburger Residenz. Da waren sie auch mal zusammen gewesen, in Würzburg. Vielleicht war das auch Bamberg. Die Beobachtung erheitert sie, dass sie den Inhalt der kleinen Meldungen schon nicht mehr weiß, die sie Sekunden davor erst gelesen und mit dem größten Vergnügen in sich aufgenommen hat. Am Stehtisch stehen zwei Trinker vor dem ersten Pils des Tages. Sie tauschen die nötigen Informationen über einen Grunz-Diskurs der Zufriedenheit aus, und die Köpfe nicken dazu langsam. Depression ist ja keine Intellektuellen-Krankheit. Depression heißt normalerweise nicht: Sylvia Plath, Glasglocke, herrliche Literatur. Sondern was viel Finstereres, Traurigeres und Alltäglicheres.

Katharina steht auf, verabschiedet sich von der älteren Dame und geht zurück.

Ja: an ihrem Tisch sitzt jetzt eine junge Mutter mit Kind, die nickt Katharina freundlich zu und meint, sie hätte die Sachen hier zusammengeschoben, das wäre hoffentlich okay. »Natürlich«, sagt Katharina, »vielen Dank.« Das Kind spielt an dem anderen Tisch, links vom Gang, und es macht dabei Autofahrer-Lärm, von der Mutter ermutigt. Katharina will die Geschichte mit der lustvollen Info-Leere eben beim Lesen der kleinen Meldungen im Bistro notieren. Während sie das Heft aus der Tasche holt, nimmt die Mutter von Katharinas Zeitungspacken die Cosmopolitan weg und sagt zu ihr:

»Ich kuck mal bisschen rein.«

»Wie bitte?«

»Hier, die Zeitschrift.«

»Ah, natürlich.«

Katharina nimmt ihr Heft raus und sucht den Blick ihres Mitreisenden.

Julien Green also, auf dessen Tagebücher sie gestoßen war durch das Seminar, hatte sie wieder dazu zurückgebracht, sich selber auch kleine Notizen zu machen, Sachen, die man gelesen hatte oder die einem durch den Kopf gegangen waren, ohne großen Hintergrund, sie hatte wieder so ein Heft angefangen, und als erstes hatte sie da rein geschrieben: »Lebhafte Debatte in bestem Einvernehmen! 12. März 1944.« Das war am Samstag vor einer Woche gewesen. Und vorne auf das Heft hatte sie geschrieben: SEELENMOMENTE. Wegen dem Klang, wegen dem Wort. Dafür sollte dieses Heft da sein. Und jetzt ist die Fröhlichkeit der Beobachtung von eben durch den Stress mit der Mutter und dem Kind so weit weg, dass Katharina gar nicht mehr weiß, was sie da eben genau hatte aufschreiben wollen. Sie hatte einen Gedanken gehabt, der eine Emotion beinhaltet hatte, eine Empfindung von Heiterkeit, da hatte ein Satz dazu gehört, der war jetzt weg. Sie kuckt auf ihre komischen Seelenmomente, macht das Heft auf und schreibt: »Montag, 11.5.99, ICE Marie Luise Kaschnitz, Berlin-München. Bistro, Bild, Seite eins.« Dann macht sie das Heft wieder zu, steht auf und sagt zu dem Kind, es soll sich zu seiner Mutter rüber setzen, erbittet sich von der Mutter die Zeitschrift zurück, setzt sich an den Tisch des anderen Typen und sagt zu dem:

»Darf ich fragen, wie du heißt? Ich heiße Katharina.«

»Jakob«, sagt er, »gute Idee.« Damit meint er ihren Sitzplatzwechsel.

»Finde ich auch.«

Er liest jetzt Glamorama.

Katharina rückt sich zurecht am neuen Platz, und schaut wieder raus. Sie kuckt auf ihre Zeitschriften, nimmt sie auf den Schoß und blättert den Packen durch. Jakob also, aha. Der könnte jetzt mal was sagen. Nein, der liest. Der lässt sich beim Lesen zuschauen. Der macht nichts. Katharina deutet auf das dicke blaue Buch und sagt:

»Psychologie?«

»Genau.«

»Aha, verstehe.«

Kein so guter Anfang. Er hat darauf gewartet, das schon, auf jeden Fall, er will es, auch wie er schaut, mit seinem Schizoblick. Und jetzt liest er wieder, als wäre nichts. Und er liest wirklich, man sieht das, am Springen der Pupille, die die unbewegten Seiten scannt, zeilenweise springend. Er ist noch relativ am Anfang. Glamorama: wie war denn das? Bret Easton Ellis, Benjamin hat davon erzählt. Katharina zeigt auf die Zeitung:

»Was sagst du zu der Überschrift?«

»Klingt lustig.«

»Schon, oder?«

»Unbedingt.«

Ende. Wahnsinn. Was ist los? Die Überschrift, eine Filmkritik in der taz, heißt: JEDER SOLL MIT JEDEM FICKEN. Da hatte Katharina heute morgen beim Durchblättern laut auflachen müssen. Obs stimmt, ist eine andere Frage. Es hört sich nur so herrlich an. Er hat sich also auf jeden Fall, während sie Kaffee trinken war, von Seite eins vorgearbeitet bis zur Kultur, und hat dann die Zeitung nicht wieder zugemacht, sondern ihre Zeitung mit dieser Überschrift offen auf den Tisch vor sich hingelegt.

Wie stehst du zum Tod, Freund? Lächerlich, aber das ist es, was sie ihn fragen will. Sie will keine Konversation machen, sie will normal reden mit dem, richtig. Sie möchte mit ihm über Wolfgang Tillmans reden, über die Verstörte, die draußen immer noch am Boden kauert, über den Aschenbach-Typ und über Julien Green, über sonstwas, über alles. Das kann doch nicht so schwierig sein.

Da ist es wieder, da war es eben wieder gewesen: Heiterkeit durch Klarheit, Seelenmoment, schon wieder. Das wäre jetzt allerdings die ultraplumpe Nummer, wenn Katharina als Antwort auf die eben misslungene

Kontaktaufnahme ihr Poesiealbum rausnehmen würde und da anfangen würde, was zu notieren. Das kann sie nicht bringen.

STRUKTURWANDEL DER ÖFFENTLICHKEIT

»nur schöner, festlicher, nachdenklicher«

Sie liest also weiter.

Verlust der Normalität.

Nach zwei Monaten Krieg gegen Milošević wächst die Beklommenheit. Die Bomben auf Belgrad verändern auch die Moraldebatte der hochmodernen Spaßgesellschaft. Wird das ethische Dilemma des Westens zur besten Waffe des serbischen Dikators?

Die einzige Lösung.

Völlig unzureichend findet Jan Philipp Reemtsma alle Entwürfe für das Mahnmal. Doch ein Zurück darf es nicht geben. Deshalb plädiert der Hamburger Sozialwissenschaftler für Peter Eisenmann und gegen Richard Schröder.

Von Ruhm ohne Ehre.

Der Tagesspiegel hat seine Behauptung zurückgenommen, Martin Walser habe die Bevölkerung aufgefordert, mit Massendemonstrationen öffentlich gegen das geplante Holocaust-Mahnmal zu protestieren.

Sigrid Löffler entmachtet.

Sigrid Löffler, seit August 1996 Feuilleton-Chefin des Hamburger Renommierblattes »Die Zeit«, wird nach der Rückkehr aus ihrem Urlaub vor vollendete Tatsachen gestellt. Während sich die 56jährige nichtsahnend in den Dünen der Ostsee erholte, wurde sie als Kulturchefin abgelöst. Die ehemalige »Profil«-Journalistin, die sich dem Vernehmen nach eben eine Villa in Hamburg angeschafft hat, soll ab 1. Juli nur noch einen Autorenvertrag erhalten.

Peter Handke spricht mit Amina Handke.

Der private Wiener TV-Kanal TIV sendet am kommenden Sonntag, 20.15 Uhr, ein Interview, das die am Sender mitbeteiligte Tochter von Peter Handke und Libgart Schwarz, Amina Handke, mit ihrem Vater über das in der vergangenen Woche am Burgtheater uraufgeführte Stück »Die Fahrt im Einbaum« geführt hat. Der Dichter erläutert Unterschiede von Sehweisen der Literatur und des Journalismus.

Literatur-Spektakel.

Der Berliner Autor Thomas Kapielski, 47, spricht über seine Erlebnisse beim Ingeborg-Bachmann-Wettbewerb in Klagenfurt. Herr Kapielski, Sie haben beim Wettlesen in Klagenfurt mit einem Essay über die Reaktionen, oder vielmehr die Nichtreaktionen von Verlagen auf Ihre schriftstellerischen Werke das Publikum entzückt und stürmischen Applaus bekommen, aber keinen Preis. Sind Sie enttäuscht? – Ach was. Diese Auszeichnungen um den Bachmann-Preis herum sind Trostpreise. Die FAZ hat meinen Essay abgedruckt, und ich bekomme körbeweise Fanpost. Der Coup ist also gelungen.

Stimmen im Kopf.

Hirnbereich für Halluzinationen bei Schizophrenen entdeckt. Manchmal bekommen sie Befehle, sich zu töten, und führen sie aus. Oder sie werden beschimpft. Oder Außerirdische reden zu ihnen. David Linden von der Psychiatrischen Universitätsklinik Frankfurt berichtet von Schizophrenen, die Stimmen hören. Bisher rätselt man, in welchem Hirnbereich solche Halluzinationen entstehen. Nun glauben die Ärzte der Universität Frankfurt und vom Max-Planck-Institut für Hirnforschung erste Hinweise zu haben, um das Rätsel lösen zu können.

Vorschreiben, was die Leute denken.

Udo Röbel,

Chefredakteur der »Bild«-Zeitung. An der Spitze des Boulevardblatts steht ein Journalist, der am Mittwoch schon weiß, welche Meinung donnerstags herrscht. Man muss nicht jeden Tag in der Zeitung stehen, um bedeutend zu sein. Mitunter ist es sogar hinderlich. Wer in Deutschland Macht ausübt, muss auch nicht gewählt sein, erst recht muss man kein Politiker sein. Die Seite drei beschreibt in einer Serie Menschen, die Macht haben. Wie sind sie dazu gekommen? Wie erhalten sie ihre Macht? Heute: Evelyn Roll über einen Mann in Hamburg, der täglich Druck macht.

Ich zahle gern zurück.

Der geprügelte Burg-Chef Claus Peymann erregt sich im »Stern«-Abschiedsgespräch über unfähige Großkritiker, flaue Regisseure, kungelnde Politiker und fordert Gerechtigkeit für Handke, Haider, Heller, Hollender und zieht nach 13 Jahren Österreich – .

Ein Querkopf zieht Bilanz. Der »Stern« besuchte Günter Grass und sprach mit dem Schriftsteller über sein Jahrhundertbuch, Computer, Pilze und Politik.

Stasi-Recherche. Neue Hinweise auf Schrödinger. Ein

Recherchebericht der Berliner Gauck-Behörde über die Stasi-Verstrickungen von Jan Bernd Schrödinger hat neue Hinweise erbracht, mit denen die von Schrödinger bestrittene inoffizielle Zusammenarbeit mit dem DDR-Ministerium für Staatssicherheit, MfS, »nachgezeichnet und belegt werden kann«. In dem Bericht befinden sich Belege, dass »IM Müller« – hinter dem Decknamen verbirgt sich nach Ansicht der Behörde Schrödinger – für »die Unterstützung des MfS über 20 Jahre« 1989 ein Geldgeschenk erhalten sollte.

Liebeskranke Frau
jagte Harald Schmidt: Gefängnis, Psychiatrie! Warum Hilmar Kopper seine Frau wirklich verließ. Willy Brandts Witwe liebt Deutsche-Bank-Chef. Der neue Simmel: Das erste Interview. Bild am Sonntag. Die Zeitung 2000. Bams-Chef Spreng: »Mit mir hat niemand gesprochen.«

Hundert Fragen an Charles Schumann.
Von Moritz von Uslar. So schnell wie möglich, denn wir haben nicht ewig Zeit. 100. Frage: Deine Philosophie? Charles: Philosophie! Brauchst noch was?

GLAMORAMA

»I'm a fly girl.«

Katharina wacht auf, und der Typ von gegenüber ist weg. Jakob. Sie hatte geträumt, eine Theaterszene war das gewesen. Der Zug steht. Sie kuckt raus. Bahnhof, Stuttgart. Sie streckt sich, unten, am Boden, da steht seine Tasche, alles schon gepackt. Sie hatte den Vorhang gesehen, ein rot leuchtender Vorhang. Sie sah die Falten des fallenden samtigen Stoffs, wie ein Gemälde.

Jakob kommt zurück. Er setzt sich hin und schaut Katharina an, und sie fährt sich mit beiden Händen durchs Gesicht.

»Na?«, sagt er.

Das geht ihr jetzt zu schnell. Er hat sie schlafen gesehen, und sie hat geträumt, und zwar war das eindeutig –

»Geschlafen?«

»Nee, nur gedämmert.«

Stille. Dann fährt der Zug wieder an, andersherum jetzt, nimmt Tempo auf, hat den Bahnhof schon verlassen, beschleunigt, und Katharina denkt an Benjamin. Dass es aus ist, endgültig. Sie hatte im Traum einen Theatervorhang gesehen, wie der sich in der Mitte auftat, die Discokugel hatte sich zu bewegen angefangen, und sie hatte einen Atem gehört und gedacht, ah, verstehe, der Gesang des Lebens. Und dann wollte sie da hin. Da war sie aufgewacht.

Jakob hat gelesen, jetzt schaut er hoch, sie schauen sich an, und er sagt: »Das ist jetzt fast bisschen indiskret, aber wie du ausgeschaut hast, im Schlaf, eben –«

»Ich hab nicht geschlafen.«

Katharina wollte nicht so heftig sein, aber der Typ geht ihr plötzlich auf die Nerven. Sie hätte auch sagen können, ich habe von meinem früheren Freund geträumt. Außerdem habe ich schrecklich Liebeskummer.

Davor hatten sie geredet. Jakob. Er war also 33, sie hatte ihn auf 29 geschätzt, er sie auf 24. »Stimmt«, hatte sie gesagt. »Ich dachte, ich schau jünger aus.« Er: »Findst du?« Und sie hatten ein kleines Gespräch übers Alter geführt. Das Thema ist egal, man will die Art des anderen erstmal spüren. Seine Art war ruhig und selbstbewusst, nicht dieses hektische Geist-Gespinne, wie sie das von Benjamin kannte. Und während sie über die verschiedenen Lebensstadien und Empfindungen mit 19, 27, 5 und 14 redeten, vorallem ein Gespräch über das jeweils andere Verhältniss zum jeweils anderen Geschlecht, fragte sie sich: wie sie wohl wirkt, auf so einen Mann.

Er fuhr zu einer Tagung, in Tutzing, Soziologe, aus Dortmund. »Systemtheorie?«, hatte Katharina gefragt. Nee, überhaupt nicht, vom sogenannten Hitzler-Lehrstuhl, ob sie den kennt? »Ehrlich gesagt, nein.« – »Sollte man aber kennen«, meinte er, wahrscheinlich ein Scherz. Und dann erzählte er von seinen Forschungen, spezialisiert auf den, wie er sagte, »Ekstase-Korpus der Ravenden Gesellschaft«. Katharina lachte. »Du meinst, ihr geht auf diese Partys, nehmt da Drogen, und dann wird das wissenschaftlich aufgebauscht?« Er: »Ganz so schlimm ist es nicht. Aber natürlich gehts in die Richtung.« Sie erzählte von ihrer eigenen Partyzeit, noch in Hamburg, dann von der Münchner Zeit, vom Beck-Lehrstuhl, vom Herrn Beck selber, von den Studenten um ihn rum. Und Jakob meinte, die würden da auch alle hinkommen, nach Tutzing.

»Und diese Tagung«, hatte sie gefragt, »wie lang geht die?«

»Nur drei Tage.«

»Und dann gehts wieder hoch, nachhause?«

»Nee, danach fahr ich für den Rest der Woche nach Italien.«

»Ach komm? Echt?«

»Ja.«

»Da fahr ich mit.«

»Ich weiß.«

Sie hatte sich in dem Gespräch so dargestellt, wie sie in der Zeit vor der Freundschaft mit Benjamin gewesen war. Und zugleich hatte sie angedeutet, sie wäre fest mit jemandem zusammen. Hatte Benjamin erwähnt, aber andere Männer auch, und in genau dem Augenblick, als das Spiel fast abzuheben angefangen hatte – war die Verrückte aufgetaucht.

Ganz nah stand die junge Frau da, sichtlich verstört, und sagte irgendwas. Und Katharina hatte sich aufgesetzt und gesagt: »Ich kann Sie kaum verstehen.« Die nickte. Sie weiß. Sie muss leise reden. »Aha. Was ist denn?« Es wäre wichtig. Ob sie ihr helfen kann? »Natürlich, worum gehts denn?« Sie hätte Angst, sie würde verfolgt. »Verfolgt, wie verfolgt?« Auch der Schaffner wäre einer von denen. Katharina versuchte dann, die Frau zu beruhigen. »Setz dich doch her«, sagte sie nach einer Zeit. Und die kauerte sich neben den Sitz auf den Boden, und hielt sich an der Lehne fest. Da hatte es eine Vollbremsung gegeben. Stille im Zug, ganz kurz, Aufschreie, das Quietschen der Bremsen und rutschendes Gepäck. Man hielt sich fest an dem Tisch, und da stand der Zug auch schon still. Nichts Schlimmes war passiert, hier drin jedenfalls. Die Gestörte lachte verhuscht und nickte Katharina zu. Und dann setzte sie sich doch hin und redete. Katharina schaute sie an, aber verstand die Logik nicht. Sie hörte nur zu, und sagte zwischendurch, ja, ja. Später verabschiedeten sie sich, und die Frau ging weg.

Katharina dämmerte. Einmal war sie aufgeschreckt und hatte rausgeschaut. Ein besonderer Blick war das gewesen, die Landschaft, wie der Zug durch die hindurch dahinfuhr. Sie hatte auf die Uhr geschaut, auf den Fahrplan geschaut, das Kind am anderen Tisch hatte geschlafen, und die Mutter hat in einem Buch gelesen. Vor ihr lag ein Zettel, beschrieben mit krakeligen Schriftzeichen, eine Nachricht von der verstörten Frau, die sich bedankte. Katharina schaute das Zettelchen an und legte es zurück auf den Tisch. Dann war sie wieder eingeschlafen.

Nein. Sie fährt natürlich nicht mit nach Italien. In dem Moment, als sie den Satz gesagt hatte, war das klar, vielleicht auch erst durch seine Antwort. Eine kleine Begegnung also. Katharina beendet das Gespräch, indem sie sagt:

»Ich glaube, ich lese hier noch weiter.«

Er reagiert höflich. Sie lesen dann, jeder für sich. Manchmal schaut einer auf, schaut raus, man schaut sich gegenseitig an und wechselt paar Worte. Während der Zug in München einfährt, verabschieden sie sich, ohne die Telefonnummern zu tauschen. Am Bahnsteig gehen sie noch paar Schritte nebeneinander her. Und wie Katharina zwischen den Leuten Rebecca erkennt, winkt sie ihr zu und läuft los.

2

Das Böse Buch

»We'll slide down the surface of things.«

Benjamin breitet die Arme aus und – wacht auf. Schade. Sie waren am Strand gewesen, am Meer, sie hatten einen Korken beworfen, mit Steinen, sie waren aufeinander zugelaufen, im Sand, und die Sonne stand hoch oben über ihnen. Steine? Sand? Das hatte es ja früher wirklich gegeben, solche Tage am Wasser, endlos, mit Hitze und Dunst, mit Lesen, Reden, Liebe und Glück. Wo man abends nur sagen konnte, völlig erledigt: ja, genau. So, und nicht anders.

Benjamin schaut auf die Uhr. Es ist halb zehn. Das ist keine gute Zeit. Er hat absolut überhaupt keine Lust aufzustehen heute und dreht sich wieder um, um nochmal einzuschlafen. Aber ein neuer Schlaf kommt nicht. Er liegt dann da, am Rücken, mit offenen Augen und schaut zur Decke hoch. Durchs Fenster dröhnt das Brüllen der Motoren von der Chausseestraße her herein, und es ist sehr heiß im Zimmer, und die Luft bewegt sich nicht. Benjamin setzt sich auf.

Er zieht das nass geschwitzte T-Shirt aus und zündet sich eine Zigarette an. Er sitzt auf der Bettkante und raucht. Neben dem Bett liegt der Spiegel von gestern, aufgeschlagen, verkehrt herum. Ein Foto von Simmel, Simmel im Hotel Vier Jahreszeiten, in München, ziemlich groß. Und ein fettes Interview mit ihm über sein neues Buch, Überschrift:

»Wir müssen die Liebe wiederfinden«.

Warum? Weil es gut klingt. Würde Katharina sagen. Weil das alle hören wollen. Und weil es im übrigen natürlich auch stimmt. Benjamin geht ans Fenster und schaut auf die Straße, aufs Haus gegenüber. Die Lebensgeister kommen so langsam zu ihm zurück. Die hatten den Körper nachts verlassen gehabt und sich draußen rumgetrieben irgendwo. Das Leben: lächerlich. Ich hasse das Leben. Stimmt auch, klingt auch gut, und außerdem denkt das auch jeder, jeden Tag. Benjamin stellt fest, daß die Laune stimmt. Er steht am Schreibtisch und notiert in das da aufgeschlagen liegende Tagebuch: »nein zu Licht, Tod: megarave.«

Dann drückt er die Zigarette aus und geht ins Bad. Beim Zähneputzen kriegt er plötzlich Lust, zum Trainieren zu gehen, sofort.

STUDIE

Er spuckt aus, geht zum Telefon, hört den Anrufbantworter ab und ruft kurz im Office an. Dabei geht er, den Hörer mit der Schulter ans Ohr geklemmt, suchend durch die Wohnung, wirft das überall verstreut herum liegende Sportzeug zusammen, findet schließlich auch die Tasche, beschließt den Anruf, legt auf und läuft los. Danke, Sarah.

Im Treppenhaus kommt ihm der Postbote entgegen. Er hätte hier eine Niederlegungsurkunde, für von Rifteeks, das wäre doch er? Ja. Benjamin unterschreibt ein Formular, das ihm der Postbote entgegenhält, Eintrag in das Kondolenzbuch der Behörde. Die Finger zittern, Benjamin bedankt sich, dann gehen sie nebeneinander her die Treppe runter. Und Benjamin reißt dabei das Kuvert – das mit eindeutig unangenehmen Worten bepflasterte, blassblaue, staatsmäßige Ding – auf. Steuer, Verfahren, Strafe, Termin. Martin behauptet, die Hälfte dieser Probleme würde sich mit der Zeit von selber erledigen, man müsste die Post bloß wirklich konsequent wegschmeißen, die von Behörden kommt, und zwar ungelesen. Die andere Hälfte wäre sowieso ganz anderes Kaliber, da würde ohne Rechtsanwalt sowieso nichts mehr gehen.

Die Türe schwingt auf, eine gleißende Helle blendet die Augen, und Benjamin tritt hinter dem Boten der staatlichen Mächte ins Freie hinaus. Die Hitze trifft ihn mit voller Wucht. Alle Gedanken sind weg auf einen Schlag, verschwunden in einem lustvoll sinnlosen Aufstöhnen: aah. Ja.

Er fängt zu traben an, schmeißt den Brief in seine Tasche und nimmt langsam Tempo auf. »Vorsicht Sommer!« steht auf dem BZ-Brüller vor dem Zeitungsladen, Ecke Novalisstraße. Daneben: Dienstag, 14. Juni 1999. Er hält, steht, kehrt um, geht in den Laden und kauft die Süddeutsche Zeitung und die FAZ. Er wirft auch die Zeitungen zu den Klamotten in der Tasche und läuft weiter, läuft jetzt ruhig in großen, federnden, weit ausgreifenden Sätzen. Er schaut auf die Uhr, es ist kurz nach zehn. Er läuft an den Autos vorbei, die die ganze Chausseestraße lang im Stau stehen, läuft stadtauswärts richtung Wedding. Links ein Zaun, dahinter leere Wiesen, Bunker, Niemandsland.

Die Vorstellung, man könnte Nothing Special in Köln produzieren, kommt ihm so abstrus vor, dass er plötzlich denkt: wieso eigentlich nicht? Es geht ja nicht um die Welt, bei Nothing Special, es geht dabei ums Fernsehen. Und er käme weg von hier, raus aus Berlin. Er muss sowieso paar Sachen klären demnächst, relativ grundsätzlich, Sachen ändern, wieso nicht Köln?

Langsam macht die Lunge sich bemerkbar. Die Lunge pfeift. Hinter dem Erika-Hess-Eisstadion, rechts neben Beachvolleyball, ragt ein riesiges alleinstehendes Mietshaus ins Nichts, ein düsterer Jahrhundertwende-Palast mit Säulen vorne dran. Unten ist eine kleine flache Zusatz-Baracke hilfsmäßig angenagelt. FITNESSCLUB steht da in einer weißen 70er-Jahre-Futura, und die Seitenwand entlang: BEWEGUNG IST LEBEN. Über der Türe meldet eine Neonschreibschrift »Studio«.

Benjamin geht rein und begrüßt den Typ am Tresen.

»Was lieste denn da, Georg?«

»Ein Buch.«

»Seh ich. Wie isses?«

»Is okay.«

Georg hebt das Buch hoch, Titel: »Die Einsamkeit des Herzens«. Aha. Benjamin zieht sich um. Er atmet den Gestank tief ein, das ist wie bei Kälte, man darf sich nicht dagegen wehren. Wenn man sich wehrt, verkrampft man, und wenn man verkrampft, ist es erst recht schlecht. Benjamin macht paar Schritte um die Ecke und steht im Inneren der Schuhschachtel. Flach, niedrig, fensterlos, paar Neonröhren, und der ganze, nicht sehr große Raum ist eng vollgestellt mit abgemeierten und kaum mehr glänzenden Folterinstrumenten. Mittellaut pumpt der Prolltrance. Auf den zwei Fahrrädern in der Ecke gegenüber sitzen zwei schon etwas gehobenere Inner-City-Schnepfen vom neuen Typ, mittelalt, ohne zu radeln, und daneben steht eine Prollfrau und redet mit. Benjamin nickt hinüber, sie nicken zurück, und dann wirft Benjamin sein Handtuch auf den Hocker und fängt bei der Stufenmaschine an.

Langsam wird er richtig warm. Der Schweiß kommt. Die Haut ist heiß und noch trocken, und man spürt, wie das Wasser von innen raus drängt, gleich ist alles pitschnass. Er steigt und steigt, im Rhythmus, ganz ruhig, ruhig keuchend. Drei Minuten. Fünf Minuten. Er wischt sich mit dem Handtuch das Gesicht ab und hängt sich ans Reck. Zählt sich zehnmal hoch, Hände andersrum, nochmal. Dann wieder. Dann geht er zum Bauch, dann an den Rücken. In der Konzentration auf die richtige Dosis der Anstrengung, auf eine bestimmte Muskelstelle des Körpers, auf die Ermüdung und ihre Überwindung und auf das Zählen immer wieder vorallem, ändert sich das Bewusstsein, es geht irgendwie auf, geht unter im Körper und hinüber, aus ihm raus. Das Schmatzen der Maschinen, ihr Ächzen, Rasseln und Rattern. Es ist wie Denken, Trainieren, nur besser: ohne Gedanken, ohne Einzelheiten. Es ist einfach gut.

Zwei Jugendliche kommen dazu, die Benjamin vom Sehen kennt, die Frauen sind schon gegangen. Benjamin war ihr Sexobjekt gewesen. Körper, solo, bezogen aufeinander, wie im Freibad, wie im Rausch, wie auf der Straße zwischen Fremden. Das Vermeidende der Blicke, der Gesten und Möglichkeiten, offene Signale, nein, ja, weiß gerade nicht. Wo das Hirn eher dieser eine ferne Obenanhang ist, wo man sich wundert, was dem Körper dauernd so passiert.

Benjamin arbeitet seinen kleinen Kreis einmal durch und liegt dann keuchend am Boden, von dem doch angeblich nie wieder Krieg hätte ausgehen sollen. Doch heute kann man sagen, wir sind auch dabei gewesen, alle. Der Krieg war scheiße. Und für Harald Schmidt die größte Niederlage seiner Laufbahn. Das Problem mit Harald Schmidt: der Mann ist nicht zu coachen. Das muss auch so sein. Im Fall der Krise gibt das dann aber Probleme. Benjamin steht unter der Dusche, und die ist so heiß, dass die Haut weh tut, und alles ist voller Dampf. Dann dreht er auf kalt. Kalt. Das eiskalte Wasser donnert ihm ins Gesicht.

Angezogen mit den mitgebrachten frischen Sachen, mit einem weißen Hemd und einer dunkelblauen Hose, steht er am Tresen und bestellt einen Orangensaft. Georg stöpselt die Flasche auf, es macht plop, und dann liest er weiter, als hätte er definitiv keine Minute zu verlieren hier.

»Schön lesen«, sagt Benjamin.

Georg schaut ihn einen Moment verunsichert an, schüttelt den Kopf und liest dann wieder weiter. Hinter Georgs Kopf hängt eine Uhr der Deutschen Bank, mit schwarzen Klappziffern, die mit einem minimalen Klappgeräusch umspringen, flp: 11 Uhr 18. Ist alles im grünen Bereich.

»Kann ich zahlen?«

»Hoffentlich.«

»Was machts denn?«

»Ist das dein erster Saft hier?«

»Nee.«

»Also.«

Georg zeigt mit den Fingern die Zahl drei. Benjamin legt einen Fünfer hin und sagt: »Vier.«

»Danke.«

»Tschau.«

Er geht raus. Es ist heiß, es ist noch heißer geworden. Im kühlen Gestank des Studios hatte Benjamin die Hitze schon wieder vergessen. Jetzt ist die Hitze ein neuer Schock. Benjamin atmet ein, atmet diese Hitze ein, erinnert sich an New York, an die Sommer zur Zeit des New Music Seminars. Zwei, drei Mal war er damals da gewesen, irgendwann Anfang, Mitte der neunziger Jahre. Lange ist das her. Und da sieht er sich selber plötzlich, mitten im Jetzt, von ganz fern gesehen, wie er klitzeklein in dieser existentialistischen Sonnenglut steht, neben der versifften Workout-Baracke, mitten in der Stadt. Wie so einen Tarantino-Cowboy sieht er sich da stehen und jetzt langsam losgehen, und er geht richtung Straße, Schritt für Schritt, und winkt sich ein Taxi her, um sich ins Office bringen zu lassen. Der Wagen hält, der Fahrer steigt aus und macht den Kofferraum auf. Benjamin nimmt die Zeitungen aus der Tasche, wirft die Tasche hinten rein, der Fahrer macht den Deckel zu, und dann steigen sie beide in den Wagen. Der Typ links vorne, Benjamin rechts hinten.

Der Wagen fährt los und steht Sekunden später im Stau. Im Radio läuft Cher, der Fahrer macht lauter, Benjamin kurbelt das Fenster runter auf seiner Seite, und Cher singt: »Do you believe in love? In love after love?« O ja. Moritz hat das Lied letztes Jahr zum Lied des Jahres erklärt. Benjamin denkt kurz heftig an München, denkt schnell wieder weg. Die Zeitung meldet, dass jetzt die Serben erschossen werden, von den albanischen Horden. Die einmarschierenden Kfor-Truppen könnten das Machtvakuum nicht füllen, das durch den Abzug der serbischen Soldaten und der serbischen Polizei entsteht. Zu Zehntausenden fliehen die Serben jetzt aus dem Kosovo, nach Norden. So wie in den Monaten davor die Albaner zu Hunderttausenden nach Süden geflohen sind.

Benjamin fragt, ob er rauchen darf. »Selbstverständlich«, meint der Fahrer, und dann zündet sich Benjamin eine Zigarette an, raucht und schaut aus dem Fenster, und das Taxi ruckelt im Schrittempo vorwärts.

PUBLIC SWORD

»Ah, Benjamin! Sehr gut! Zigaretten kommen!«, ruft Sarah und geht auf Benjamin zu. Der steht in der Türe, lässt die Tasche fallen und meldet:

»Wie isses? Männer!«

Zwei Typen, zwei Mädels schauen kurz von ihrer Arbeit auf und nicken schwach. Dann begrüßt Benjamin Sarah mit einem Küsschen.

»Na?«, sagt Benjamin, und Sarah lacht.

»Komm Benny, rauchen!«, sagt sie.

Und Benjamin meint: »Ich hab doch aufgehört zu rauchen.«

»Echt? Wann denn?«

»Heute morgen.«

»Ach so.«

Benjamin hält Sarah seine Zigaretten hin.

»Rauchst du jetzt auch schon diese kranken Ultras?«

»Sarah, was machstn fürn Stress schon wieder? Was isn los? Jetzt rauch halt eine Ultra, es ist doch komplett wurscht.«

Benjamin kickt seine Tasche zur Seite und geht hinter Sarah her, quer durch das weiträumige Loft, richtung Kaffeemaschine. Er macht zwei schnelle Schritte, legt seinen Arm um Sarahs Taille, schaut sie an und sagt:

»Hah, Sarah!«

»Ja? Was denn, Benjamin?«

»Du kommst mir heut so hübsch vor.«

»Ich weiß«, sagt sie, »das liegt bei mir in den Genen, das habe ich alles geerbt.«

»Echt?«

Dann stehen sie neben der Kaffeemaschine, trinken Kaffee, rauchen jeder eine Ultra, und Sarah erklärt Benjamin das für heute nachmittag geplante Programm.

Public Sword ist eigentlich mehr eine Idee von Martin als wirklich eine richtige Firma. Andererseits stehen hier inzwischen zwei, vier, sechs, acht Schreibtische, und obwohl viel Wert auf den Anschein einer ravermäßig lässigen Disziplinlosigkeit gelegt wird, sitzen an einem ganz normalen Dienstagmittag, bei brütendem Juni-Badewetter, um gut viertel nach 12 Uhr vier Leute vor ihren Computern, und es herrscht eine auf Konzentration orientierte Ruhe im Raum. Manchmal fiept ein Telefon, und dann hört man wieder nur das Summen der Computer, der in den Maschinen sirrenden Kühlaggregate.

Martin hat morgens aus Wien angerufen.

»Ja, wie wars denn?«

»Sehr gut, meinte er nur.«

Seit Monaten wird der neue Dietl-Film vorbereitet. Jetzt ist es endlich so weit. Das Drehbuch muss fertig werden. Und das war das wenig spektakuläre Ergebnis der Überlegungen aller Beteiligten gewesen, nach dem Debakel mit Late Night: es muss wieder ein vernünftiges Drehbuch her. Ohne Süskind wird das nichts. Jetzt sitzen Dietl und Süskind irgendwo außerhalb von Wien, auf einem Gut, das Verwandten von Martin gehört, mitten drin in der Buckligen Welt, da muss es jetzt gelingen. IN HIGH PLACES. Stasi, Westen, Kultur. Und Martin fährt einmal die Woche hin, am Wochenende meistens, und kuckt, wie es läuft.

»Et läuft, et läuft?«

»Angeblich ja.«

Das ist der Spruch, seit Ende April, et läuft, et läuft. Und alle haben dauernd ein super Gefühl. Die Filmer leben nur in Zitaten, da sind die Theaterleute nichts dagegen. Zitate von Gefühlen, Zitate von Ideen, Zitate von ästhetischen Programmen, von Gesten, Sprüchen, Lebenshaltungen. Einen direkten, unmittelbaren Realitätszugriff: das kennen die quasi kaum, das ist ihnen eigentlich als Problem, von der ganzen Fragestellung her schon fremd. Das war der andere Befund gewesen, nach Late Night: ein minimaler Restrealismus muss wieder her. Bisschen mehr Präzision in den Figuren, in der Verdecktheit der Vorgänge. Bisschen weniger Comic. Und Public Sword, auf Anfrage: ja, wir können das.

Der Boom der Firma, na ja: der vorsichtig anhaltende, in echt recht zerbrechliche, dauernd von irgendwoher gefährdete Erfolg, in den letzten beiden Jahren, hat auch damit zu tun, dass Benjamin seither dabei ist. Aber vorallem mit den äußeren Umständen in der Medien-Branche, wo es einen Hunger nach Inhalt gibt, den die meisten ähnlich angelegten Konzepte- und PR-Agenturen gar nicht stillen können. Und zwar ganz einfach mangels Masse an jenen simplen, aber knappen Gütern, auf deren Produktion Public Sword sich spezialisiert hat: Wissen, Theorie, Kritik, Text.

»Und wann gehts bei uns heute los?«, fragt Benjamin. Er fährt abends mit Martin nach Köln, um mit den Bonitos das von Public Sword entwickelte neue Talk-Format Nothing Special zu besprechen. Eine wöchentliche Talkshow übers Fernsehen. Drei feste Leute, ein Gast, fünf vorher festgelegte Sendungen der vergangenen Woche, die dann nach Art des literarischen Quartetts diskutiert werden. In der Mitte gibt es einen 7minütigen Block mit freien aktuellen Themen. Da hat man auch Gelegenheit, auf den jeweiligen Gast einzugehen. Sarah klickt an ihrem Computer die richtige Datei her, das dauert einen Moment. Zumachen, aufmachen, Fenster, Unterdatei, hier: »Erst um fünf, ich druck dir den Plan gleich aus.«

»Um fünf, das geht ja.«

Benjamin schaut sich um, ob Lars schon da ist.

»Ist denn Lars schon da?«

Lars Karthaus: nicht zu sehen.

Sarah: »Ich glaube, nein. Ich hab ihn jedenfalls noch nicht gesehen.«

Tobias, quer durch den Raum: »Kommt gleich.«

»Wann denn?«

Benjamin geht zu Tobias rüber, der schaut von seinen Papieren auf und meint, Lars hätte eben angerufen, der steht im Stau und ist gleich da. »Dankeschön.« Tobias arbeitet auch am Dietl-Projekt mit, hat in der Gauck-Behörde recherchiert. Das heißt, er ist da bisschen rumgelaufen, um ein Gefühl für den Horror des früheren Ostens zu kriegen, Kafka sozusagen, in heute.

Die Anstalt, die Behörde, das Gehirn, die Macht. Ein Journalist, Theo Dorn, von Til Schweiger gespielt, recherchiert dort für ein Max-Porträt die Hintergründe eines frühen, vergessenen Schrödinger-Skandals. Da war etwas gewesen mit seiner Doktorarbeit, ein Betrug, er hat da Sachen gefälscht, Dinge und Daten erfunden. Und plötzlich hat dieser Theo Dorn den superdicken Fisch an der Angel, die Geschichte seines Lebens: Schrödinger war IM, Stasi-Agent, von Studienzeiten an. Jetzt geht es nur noch darum, die 80er Jahre, wo er seine fulminante Karriere im Feuilleton macht, als eine Parallelrealität entstehen zu lassen, die in der echten Welt spielt. Wo die Bild-Zeitung auch Bild heißen darf, die BZ nicht KZ heißen muss. Wo aber die fiesen Realitäten, die Gesetzesbrüche und moralisch dubiosen Aktionen so auftreten können, dass man sich nicht der Gefahr einer direkten Beleidigung oder gar justitiabler Äußerungen aussetzt. Letztlich läuft es auch diesbezüglich wie in echt, letztlich ist auch das nur eine zusätzliche Realismus-Hürde, ein Problem der Form für Wahrheit. Da taucht Frauke auf. Frauke Finsterwalde, wahrscheinlich sogar gespielt von Dana Schweiger, die bei der BZ arbeitet, und auf einer Pressekonferenz den Theo-Dorn-Journalist kennenlernt. Sie sind sich sympathisch, vielleicht ist es mehr, und sie rollen die Geschichte dann gemeinsam auf.

Das Genre steht ja fest. Das ist nicht das Problem. Das Problem ist das Licht, der Schnitt, der Text. Die Distanz zwischen dem letzten Sat-1-Trash-Film und Eyes Wide Shut liegt im Detail, und zwar nur im Detail, allerdings in einer Unmasse von Details. Grob geschätzt handelt es sich um zirka 125 Milliarden Details, von denen wir hier reden, man kann sich bei dieser Zahl an der Anzahl der Nervenzellen im Gehirn orientieren. Bei 6 Milliarden Details, also orientiert an der Zahl der Menschen auf Erden, kommt ein erster Qualitätssprung ins Spiel, es gäbe da ganz späte Gödel-Berechungen, auf der Grenzlinie zwischen Erkenntnistheorie, Logik und Kunst, die wären relativ unbekannt. Wie der späte Gödel überhaupt, der ja irgendwann die berühmte Grenze vom sublatent Schizoiden und Subschizoiden zum letztlich doch manifest Schizophrenen plötzlich überschritten hat, alles Theorien von Max, gestern abend nach Matrix erläutert.

Benjamin sitzt am Schreibtisch, kuckt die Post durch, blättert in der Schmidt-Show-Analyse von Lars und fühlt sich davon diffus angewidert. Dabei denkt er dauernd: falsch, falsch. Und hinter jedem falsch ein: egal. Weil er so schlecht drauf kommt, wenn er falsch denkt.

Er ruft Bernd an und fragt, ob er für sie Matrix besprechen könnte. Ja, nein, prinzipiell sehr gern, aber im Moment für ihn schwierig zu entscheiden. Bernd zögert, das ist Benjamin peinlich, er zieht die Anfrage zurück. Nein, es wäre okay, aber die Strukturen bei ihnen wären noch etwas kompliziert. Ihr neues sogenanntes Leben wäre ja quasi erst im Aufbau, die Kompetenzen noch nicht eindeutig zugeordnet. »Alles klar, tschuldigung.«

Bernd hat Zeit zum Plaudern. Benjamin eigentlich nicht, er hatte nur gestern bei Matrix gedacht, er sollte mal wieder eine richtige Film-Kritik schreiben. Auch um zu kucken, ob er das überhaupt noch kann. Kritik ist ein Ding in Serie, für den Schreiber von Kritiken. Und er hat lange keine mehr geschrieben. Bernd erzählt neue Interna von der zauberhaften Frau Löffler, natürlich brutalst geheim, und während Benjamin bei Bernds lustigen Bürostress-Worten auflacht, geht ihm nebenher die Frage durch den Kopf, ob ein Motiv für diesen Anruf auch sein Problem mit Lars gewesen ist. Genau in dem Moment, wie er Lars zur Türe reinkommen sieht, fällt ihm das ein. Benjamin antwortet auf die Begrüßung von Lars mit einer Geste der freien Hand, ohne ihn direkt anzuschauen. Und er sagt Bernd, dass er hier weiter machen muss. Ob der den ganzen Irrsinn, den er ihm da eben erzählt hat, hoffentlich auch aufschreibt? Bernd verneint, lacht und meint, man könnte sich heute abend vielleicht auf ein Bier treffen, er hätte noch viel mehr zu erzählen. »Herrlich, aber heute gehts nicht«, sagt Benjamin, sie wären heute abend in Köln, morgen sind sie wieder da.

»Also bis morgen.«

»Bis morgen vielleicht, tschau.«

Lars kommt auf Benjamin zu, Benjamin legt auf, und Lars entschuldigt sich für seine Verspätung. Benjamin:

»Ist egal, wir fliegen erst um fünf.«

»Ach! Bin ich jetzt doch dabei?!«, meint Lars, und an der Art, wie seine Begeisterung jetzt eben durchgebrochen ist, merkt Benjamin, dass das eine Gemeinheit war.

»Martin und ich«, sagt er. Lars nickt. Benjamin: »Ich lese mir dein Ding hier noch fertig durch, jetzt ist es viertel vor eins. Um eins, würde ich sagen, reden wir darüber.«

»Um eins, okay.«

Benjamin schaltet seinen Bildschirm ein, nimmt die Papiere zur Hand, checkt die Liste seiner Mails und sieht, wie Lars zu Sarah geht. Wie Lars Sarah anflirtet. Wie Sarah reagiert und wie Lars auch heute wieder super Laune hat.

Also, Schmidt-Show: ANTIRIGOROSE KONZEPTE. Von Lars Karthaus. Firmenintern: Lars »Die Ratte« Karthaus. Benjamin fängt zu lesen an, und er denkt, nein, er hat kein Problem mit Lars, die Sache liegt komplizierter. Und dann, während das Thema langsam in den Hintergrund wegzusinken beginnt, kommt es ihm so vor, als würde das, was er hier liest, eigentlich doch ganz vernünftig klingen. Es stimmt ja alles irgendwie, mehr oder weniger, und so gerät er automatisch immer mehr hinein, in die Antirigorosen Konzepte von Lars.

Das Argument geht folgendermaßen. Den Bonitos fehlt ein Partner. Spätestens seit dem Erfolg von Stefan Raabs TV-Total kann man sehen, es fehlt an Widerspruch. So eine Show kann man nicht alleine produzieren. Die Frage ist, ob Public Sword für Bonito dieser Widerspruchs-Partner sein könnte.

Kann Bonito die primär destruktiv orientierte Intelligenz von Public Sword brauchen? Kann Sword für Bonito sinnvolle Konzeptarbeit liefern? Wieviel Vision erträgt die praktische Ästhetik einer auf Hochrotation im Tagesgeschäft eingestellten Produktionspragmatik? Konkret: was darf Harald Schmidt wissen? Wie könnte die Neubestimmung der Show umgesetzt werden, ohne Harald Schmidt zu sehr zu irritieren? Er muss ja jeden Abend raus, als Rampensau und Sieger, anders funktioniert das nicht. Er kommt, tritt auf, breitet die Arme aus und muss den Applaus, den er jetzt erzeugt, in dem Moment von A bis Z schon in sich haben. Das setze den Möglichkeiten für Zweifel, Analyse und Kritik enge Grenzen. Man würde quasi am offenen Herzen operieren, wenn man versuchen würde, die Show zu reformieren, während das Herz weiterschlagen muss. Eine Alternative zu dieser Reform gibt es allerdings nicht.

Die dreiteilige Show bietet im Moment, im Sommer 1999, am Ende ihrer ersten, von Bonito allein produzierten Staffel, ein problematisches Bild:

1. Stand-up: Desaster.
2. Schreibtisch: Alltags-Dadaismus, perfekt.
3. Talk: besser geworden, stark verbesserbar.
4. Regie: Licht, Schnitt, Konzeption: katastrophal.
5. Redaktion: friendly vibes.

Zu Eins. Benjamin steht auf und geht, weiter lesend,

zur Kaffeemaschine, gießt sich Kaffee ein, geht zurück zu seinem Schreibtisch und liest weiter.

Nirgendwo entstehen so viele neue Witze, dass eine tägliche Show davon leben könnte. Die Show hat sich abgekoppelt von dem einzigen Real-Kapital, das Stand-up hat, von der Aktualität. Die Themenauswahl versucht das selbstbewusste Statement abzugeben: wir sind wir. Wir leben in einer völlig eigenen Welt, in der Welt unserer netten kleinen Familienshow. Das war früher ein Witz, heute ist es trauriger Ernst. Seit man das Prinzip verstanden hat, ist es unbrauchbar. Man weiß, was kommt: alles mögliche. Das ist als Konzept zu wenig, weil es keinen Raum für Überraschungen lässt.

Die Vorstellung, diese Probleme ließen sich über gesteigerte Penetranz abfangen – Stichwort: die dicken Kinder von Landau; Stichwort, ha, Kracher, Viagra –, ist genauso nostalgisch wie das übrige Konzept. Gesteigerte Penetranz macht deutlich: niemand braucht zu glauben, dass die von der Show für wichtig erklärten Themen von der Show selber für wichtig gehalten würden. Alles nur ein Witz. Ja, klar, was denn sonst?

IN DEN FOLTERKELLERN DES REALITÄTSPRINZIPS

»Danke.«

»Wie?«

»Es reicht.«

»Du hast also genug?«

»Ja.«

»Du bist also einverstanden?«

»Nein. Aufhören.«

»Du kannst jederzeit gehen.«

»Kann ich nicht.«

»Du brauchst nur Ja zu sagen.«
»Aua.«
»Also einverstanden?«
»Nein.«
»Der hat genug.«
»Du hast mich tot geschlagen.«
»Nein, wir schlagen nur dein Hirn zu Brei.«
»Mörder.«
»Der nächste bitte.«

SOCIAL DISEASE

Selbstdistanznahme ist ja längst –

Benjamins Telefon läutet. Er schaut auf die Uhr, es ist kurz vor eins. Er hebt ab und sieht auf seinem Bildschirm den Bildschirmschoner langsam durchziehen, ein Geschenk von Katharina, in Großbuchstaben und in Zeitlupe wandern da die Worte SEX UND GNADE von rechts nach links. Die Anruferin will mit Rirkrit sprechen. »Da sind Sie bei mir falsch, ich verbinde Sie gern. Einen Moment.«

Okay. Witz, gebrochen, überbieten, Selbstdistanz, längst Gähnstandard geworden. Eine konzeptionell so tiefliegende Frage wie die des Prinzips der Themenauswahl kann man so offensichtlich nicht –

Benjamin lehnt sich zurück, streckt sich, gähnt zurück, schaut rechts und links, denkt was Angenehmes über seinen Arbeitsplatz hier, steht auf und zündet sich eine Zigarette an. Nimmt die Antirigorosen Konzepte von Lars in die Hand und geht rauchend und lesend an das mittlere Fenster. Der untere Teil ist offen, Stadtlärm und Sommer wehen herein, es soll angeblich noch heißer werden heute, haben sie im Radio vorhin gemeldet, und der eher schrottige, düstere Ost-Innenhof liegt in erdenen Farben da unten vor ihm, im hochsommerlichen Höchstsonnenstandlicht.

Es geht nicht um Abwehr von Kritik, das wäre ja lächerlich. Tobias ist genauso kritisch wie Lars und trotzdem ein angenehmer Mensch. Kritik macht Spaß. Klarheit, Härte, ungerechtes Kucken, das ist nicht der Punkt. Das Problem liegt auf der menschlichen Ebene. Darum gehts, um diese Banalität, es geht ganz platt und hohl um die Frage: was ist einer menschlich für ein Typ?

Und wieder: während im Bruchteil einer Sekunde um Benjamins Lars-Problem herum eine kleine Explosion von Beschimpfungs- und Analyse-Vorstellungen aufflammt und verlischt, ist Benjamins Überlegung eigentlich woanders. Er lässt die Blätter sinken, zieht an der Zigarette, schaut raus in diesen prächtigen Tag und stellt fest: er ist bei Katharina gelandet, versehentlich. Falsch, denkt er sofort. Dann: Ach, wieso?

Lars kommt und sagt: »Und? Wie schauts aus?«

»Ausschauen tuts natürlich super.«

Dann stehen sie am Schreibtisch von Lars. Und Lars erklärt alles nochmal, mündlich, wie er es meint, seine Antirigorosen Konzepte. Lars setzt sich und redet weiter. Benjamin schaut ihn an. Und plötzlich freut er sich daran. Unsinn, Möglichkeiten, Sinn und Welten. Wie bei Lars das Denken abläuft, wie Lars seine Talente bespielt und wie er dabei selber von sich selber am allermeisten begeistert ist.

Per Konflikt die kreativen Kräfte anstacheln. Das ist die Idee von Martin, und vielleicht ist ja doch was dran. Trotz der Kaputtheit dieses Kalküls, das auf einer Machtidee basiert. Macht als Argument, Gedanke, Obsession, Macht als Praxis, Wirkung zu erzielen, in der direkten Umgebung und vermittelt über öffentliche Äußerungen, Macht als Gegner, Inhalt, als Interesse und Energetikum, führt dem Geist ein geistzersetzendes Ferment zu. Gar nicht viel, sehr wenig, stetig. Das hält man paar Jahre aus, das entwickelt auch, gerade beim jüngeren Erwachsenen, stark halogene Effekte, das leuchtet, und zwar richtig, aber es verzehrt und zerstört dabei das, was das Geistige ausmacht: Bewegung, Zweifel, Autoaggression.

»Bin bisschen irritiert«, meint Lars, »dass du nicht wirklich zuhörst. Aber egal. Ich mach mal weiter. Oder?«

»Unbedingt.«

Martin war noch mit Ende zwanzig, als Benjamin ihn in Hamburg bei einem Redaktions-Fest von Tempo kennenlernte, 88 war das, im Sommer nach dem Abitur, eine faszinierende Erscheinung. Schwer, groß, bullig. Er redete mit einer ruhigen, klaren Stimme. Nur die Sachen, die er sagte, seine Positionen, Ansichten und Ideen, hatten etwas spektakulär Ausgefallenes und im selben Moment Plausibles an sich. Man stand da dabei, hörte das und staunte. Benjamin erinnert sich an ein Gespräch zwischen Martin und Markus Peichl. Stimmt, dachte er dauernd, deshalb ist dieser Mensch ein solches Gerücht, deshalb hieß es damals überall: der junge Augstein. Der wird mal wichtig, der wird richtig groß.

Benjamin hört Lars die Worte »Frage nach der Wirkung« sagen, das hatten sie neulich schon besprochen, und Benjamin sagt, »das habe ich soweit verstanden.«

»Ah, so. Ist klar.«

Lars lacht und redet weiter. Das wäre also der entscheidende Punkt. Wie wirkt der Anfang, jenseits aller Begründungen, wie wirkt es ganz direkt? Es wirkt langweilig, am Anfang, es wirkt so, dass man nicht dran bleibt. Man schaltet automatisch weg. Aus alter Treue schaltet man die Show ein, dann kommt der Stand-up-Teil, und da fällt es einem wieder ein: wie unwichtig die Sendung geworden ist. Was die Visitenkarte der Show sein müsste, ist längst ein Show-Stopper geworden. Wer nicht hartgesottener Fan ist, diese absurde Position vertritt der Anfangs-Teil, hat hier nichts verloren. Der ist hier falsch. Die Sendung ist nämlich Kult. Kult ist aber keine brauchbare Kategorie.

»Ist so weit klar, weiter.«

Benjamin ist innerlich bei dem Problem der Wiederholung hängen geblieben. Was man schon kennt, überstrahlt die Wahrnehmung von allem anderen darum herum. Automatisch krallt man sich genau da fest, wo man wiedererkennt. Und ist davon genervt und beruhigt zugleich: aja, das kennt man ja, das ist der und der, wie immer, das ist wieder das und das. Nichts Neues also. Sehr gut, dann hat man das also auch wieder abgehakt und erledigt. Und alles daneben, was eventuell wirklich etwas Neues gewesen wäre, ist von dieser automatischen Zugriffs- und Orientierungs-Mechanik praktisch total abgeblendet.

Therapie. Die Antwort auf die dargelegten Probleme wäre einfach und logisch: back to basics. Der Stand-up-Teil muss wieder Zeitung werden. Alles, was wirklich passiert und wichtig ist, auf ganz krude täglicher Basis, muss wieder vorkommen können. Vorallem natürlich auch Politik. Weniger Witze, mehr Bericht. Harald Schmidt erzählt die Bild-Zeitung des morgigen Tages. Das ist die Zielsetzung für den Stand-up-Teil. Denn das ist das lebendige, kranke und subversive Kapital, das die Show erarbeitet hat: alles, was Harald Schmidt sagt, steht unter Verdacht. Hintersinn? Welcher? Diese Lupe kann sich auf jeden Gegenstand richten und dabei offen lassen, was durch sie hindurch sichtbar wird. Jeder Nicht-Witz-Satz von Harald Schmidt ist lustig und ein Brüller, und jeder Witz eher ein Nicht-Witz, ein Hänger und ein Gähner. Warum weiß die Show das nicht? Warum benutzt sie diesen Effekt nicht? Ganz einfach: aus Angst. Die Schmidt-Show hat Angst. Und das ist gefährlich, das ist für die Art Show wirklich alarmierend.

Beim Wort ANGST ist Benjamin zusammengezuckt. Das war eine Idee von Katharina. Harald Schmidt hat Angst. Seit er meint, er hätte das Spiel der Medien durchschaut und alles verstanden, seit er überall erzählt, es wäre ihm nichts mehr peinlich und nichts könnte ihn noch schrecken, hat er eine geradezu lächerliche Angst vor der falschen Bewegung. Das lähmt die Show. Diesen mit Katharina gemeinsam in den letzten Monaten entwickelten Gedanken zur Harald-Schmidt-Show musste sich Benjamin hier jetzt von Lars nochmal darlegen lassen, wie etwas von dem in ureigenster Analyse Erdachtes.

Martin hatte schon Andeutungen in diese Richtung gemacht, sich an dem Moment des Erschreckens erfreut, den der Name Katharina bei Benjamin immer noch auslöste. Er hätte seine losen Kontakte zu Katharina natürlich auch an Lars weitergegeben. Benjamin hatte das nicht richtig ernst genommen. Es war sinnlos, daran zu denken. Außerdem hat er mit Lars letztlich trotz allem gut zusammengearbeitet.

Kennengelernt hatte er ihn in der Volksbühne, Anfang des Jahres. Martin hatte auf dem Mille-Plateau-Kongress einen aggressiv überzogenen Anti-Deleuze-Vortrag gehalten, und danach standen sie mit seinen HdK-Studenten und einigen Zuhörern rechts unten im Zuschauerraum vor der Bühne. Und Martin sagte:

»Darf ich euch bekannt machen?«

»Ah, hallo. Er hat mir schon von dir erzählt.«

»Mir auch.«

Da war er also. Der smarte junge Mann mit seinen blauen Augen. Und sagte seine smarten Sachen. Es ging um Französisch und Deutsch, Englisch, Amerikanisch, die unterschiedlichen Sprachen, die alte Debatte, wie Denken und Sozialstruktur in der speziellen Art der jeweiligen Sprache jeweils anders zusammen kommen, und was das dann heißt, für Kunst und Literatur, und was daraus folgt für Fernsehen und Theater. Lars redete von dem neuen Sarah-Kane-Stück über Wittgenstein. Er hatte bei Disco Pigs Dramaturgie-Assistenz gemacht, und daraufhin von den Baracke-Leuten das Angebot bekommen, mit ihnen im Herbst an die Schaubühne zu gehen. Die neue Schaubühne, der neue Dietl-Film, die neue Schmidt-Show: ob er nicht lieber zu ihnen kommen wollte, meinte Martin an dem Abend.

Lars kam dann zu ihnen, nicht ohne zu betonen, wo überall sonst er noch hätte anheuern können, in dem Moment. Und Benjamin hat sich sofort auf die sachlichen Aspekte der Zusammenarbeit konzentriert. Auf die angenehme Schnelligkeit von Lars, seinen ironischen Blick und auf seine Effizienz.

Ein sehr effizienter Kollege, so konnte man das auch sehen. So versuchte Benjamin das zu sehen. »Tschuldigung, Lars«, sagt Benjamin jetzt, »ich bin gleich wieder da.« Und verschwindet richtung Türe. Lars schaut ihm hinterher, nickt mit dem Kopf, lehnt sich zurück, nimmt den Stern vom Boden auf und blättert im Stern. Dann wirft er den Stern in den Müll und geht zur Kaffeemaschine.

Mit jedem Schritt, den Benjamin macht, entfernt er sich aus dem Würgegriff seiner reflexdiktierten Reaktionen im Augenblick des direkten Kontakts.

Er macht die Türe auf, steht am Gang, im Treppenhaus, und hört Schritte hochkommen. Das ist Martin, das hört man. Benjamin ruft einen Begrüßungs-Gruß runter und geht dann, ohne auf Martin zu warten, um die Ecke, den Gang hinter, geht an der rund geschwungenen D-Türe vorbei zur H-Türe, macht auf und geht hinein.

Er wollte nur kurz allein sein. Der Fall ist gegeben. Er steht am Waschbecken, lässt das kalte Wasser über seine Pulse laufen, formt mit den Händen eine Schale und taucht sein Gesicht da hinein. Das zischt. Das ist sehr gut, das kühlt die Stirn. Er macht es nochmal, mit mehr frischem Wasser, die Augen geschlossen, die drückt er mit den Fingerspitzen in die Augenhöhlen hinein. Dann kommt er hoch, schüttelt sich und trocknet das Gesicht. Er schaut in den Spiegel, er atmet tief ein. Dann geht er zurück in den großen Raum zu den anderen, zur gemeinsamen Arbeit.

Der Büro-Buzz steuert gerade einem ersten spätmittaglichen Maximum entgegen, das Gemurmel und Gewusel, das leise wimmernde Rufen der elektronischen Klingeln, das Fiepen und Schnaufen der Drucker, des Kopierers, das klick-klack klackernde Tasturen-Geklappere und die relativ ruhigen Bewegungen der plötzlich so vielen Menschen im Raum. Plötzlich sind ja scheinbar alle da.

»Hallo Martin, wie wars?«

»Ich erzähls gerade. War alles okay.«

Die halbe Firma steht um Sarahs Schreibtisch herum, nur sie sitzt da, und ihre Blicke leuchten herum, hin und her, von einem zum anderen. Wo sie hinkuckt, kommt der Text her.

Tobias: »Wieso?«

Lars: »Sag ich doch.«

Rirkrit: »Geld ist auch ein Argument.«

Tobias: »Um wieviel gings denn da?«

Lars: »Jedenfalls genügend.«

Sie haben versucht, Joe Dallesandro für die Rolle des amerikanischen Produzenten zu bekommen. Der ist aber zu teuer, seit Cronenberg ihn für Disco Bloodbath verpflichtet hat. Das wird ein Comeback wie das von Travolta, hätte Emmerich behauptet, hätte Dietl erzählt. Dietl selber bereitet sich, halb im Scherz, halb im Ernst, auf seinen König Ludwig den II. vor, und wenn Dana Schweiger wirklich Frauke Finsterwalde spielt, wird das der erste Dietl-Film seit ewigen Zeiten ohne seine sogenannte Frau, wie heißt die gleich, die große Tragödin?

»Rosalinde Trebinger.«

»Ah, ja.«

»Und vielleicht tut das dem Film selber mal ganz gut.«

Wagner wird von Lottmann gespielt, Burda –

Benjamin geht zu seinem Schreibtisch und notiert kurz folgende Überlegung:

Rebellion Dallesandro.

Der nonkonformistische Intellektuelle. »Setzen wir uns. Ich sehe eine Figur.« Das ist der Bildtitel eines Bildes von Krebber, das in der neuen Malerei-Ausstellung in der Init-Halle hängt. Gemeint ist ein Problem der Sukzession. Dass man sich der Logik der Folge unterwirft. Bis zu dem Punkt, wo man vor Wut einen Anfall kriegt und alles wieder kaputt haut. Oder bis kurz davor, man stoppt, sieht den Punkt und dreht sich um. Da hängt ein leuchtgelbes Gemälde von Jutta, riesig und schön, die sandfarbene Leinwand ist direkt an die Wand getackert. Abstraktes weißes Gespritze in der Mitte, und goldenes und lichtes Geschlinge drumrum.

Benjamin sieht die anderen da stehen, in der Gruppe, und reden. Sieht das Problem seiner eigenen Position. Und er denkt daran, dass er immer gedacht hat, dass sich nochmal irgendetwas ändern muss bei ihm, relativ grundsätzlich. Er kann jederzeit noch zu studieren anfangen. Er ist vielleicht spät dran, aber es ist noch nicht zu spät.

Er schaut auf den Bildschirm. Dort hat er eine Mail aus Wien, von mir. Er klickt sie an und schaut drauf.

Burenwurst
Käsekrainer
Spezialbiere

Erotik in der Kunst
Griechenlands

herzlich wie immer dein R.

Benjamin freut sich, lacht auf, und schaut Martin entgegen, der langsam auf ihn zu geht und sagt:

»Na?«

»Ganz nette Mail gekriegt.«

»Ich bin gespannt, wie das heute in Köln läuft.«

»Ich auch. Wann gehts denn jetzt genau los?«

»Das will ich gleich mal klären.«

Dann beendet Benjamin seine Besprechung mit Lars und beantwortet seine elektronische Post.

VERRÄTER

Lars geht zu Sarahs Schreibtisch und lässt sich von ihr erklären, warum er nicht mit nach Köln fährt, heute abend. Er hat da eine leider arg banale Intrige im Verdacht. Und als Sarah gerade anfängt, die von Martin erwähnten Gründe in eine für Lars akzeptable Form zurechtzureden, denn sie glaubt eben genau nicht an die produktionsfördernde Wirkung schlechter Stimmung hier im Office, kommt Benjamin dazu, und Sarah hört auf zu reden.

Stille. Einen Moment lang zu lange ist jetzt kein Wort zwischen den dreien. Und Benjamin müsste fragen, ob er stört, oder eher noch nickend kehrt machen und sich Tobias zuwenden, dem er zuvor schon signalisiert hatte: wir reden noch, nachher. Aber er kann auch stehen bleiben, ganz stumpf, und Lars gegenüber das formal-hierarchische Moment in der Firma kurz mal herausstellen und zur Wirkung kommen lassen. Aus Rache, aus Wut, aus Gedankenlosigkeit und Schwäche. Da sagt Lars:

»Nur wegen Köln nochmal. Ist ja eh klar.« Und dann dreht er sich um und geht. Benjamin schaut Sarah an. Und Sarah meint:

»Er denkt, dass du – «

»Ist klar. Stimmt aber nicht.«

»Weiß ich doch.«

Benjamin war dafür gewesen, dass Lars mitfährt nach Köln, um den Bonitos dort seine Antirigorosen Konzepte als Autor zu präsentieren. Aber Martin hatte damit argumentiert, dass Lars unsentimental genug wäre, um, wie es im bekannten Thoma-Diktum über Gottschalk heißt, sofort den Wirt zu wechseln, wenn es ihm als Parasiten opportun erscheinen würde. Wollen wir das? Ja. Natürlich wollte Benjamin das, obwohl er es im Interesse der Firma nicht begrüßen konnte, dass er das wollte. Es war nur einfach so. Er wollte sehr gern, dass Lars aus seinem Leben wieder verschwindet. Aber er wollte das in dieser Deutlichkeit nicht direkt denken müssen. Martin hatte mit Geschick die Zwickmühle angelegt. Sie hatte Benjamin keinen Ausweg gelassen und ihn mitverstrickt ins Spiel der von Martin initiierten kleinen Intrige. Aber Benjamin ist mit seiner Vorstellung, durch offenes Verhalten die Interessen der Beteiligten auszuschalten, auf seine Art auch im Unrecht.

Das weiß man doch, dass man sich nicht zu gut verhalten darf, oder zumindest nicht allzu entschieden nichtfies. Da man den anderen sonst durch Erwartung unter Druck setzt, er sollte und würde sich genauso verhalten, und ihm dadurch die Möglichkeit nimmt, aus freier Entscheidung heraus sich zum nichtfiesen Verhalten zu entscheiden. Zu viel Güte baut zu viel Zwang auf. Zu viel direkt gezeigte Offenheit kerkert den anderen in der Reziprozitäts-Erwartung zu stark ein. Zu viel Vertrauen fesselt. Das ist ganz allgemein und im nichtprivaten Raum besonders strikt verboten.

Man wäre also im Interesse eines vernünftigen Arbeitsklimas in einem kleineren Kollektiv wie hier dazu verpflichtet, relativ gemischte Moralstandards genügend deutlich gemischt und undeutlich genug zu signalisieren, ganz egal, nach welchen Standards man selber realerweise sich zu verhalten meint, um einander möglichst viel Freiheit zu geben, sich so zu verhalten, wie jeder will. Und das heißt im konkreten Fall dann meistens, aus eigenem Interesse an positiver Selbstdarstellung, nicht allzu asozial. Auf die Art entsteht mit der Zeit eine freie Drift in richtung Nichtkaputtheit. Die erpresserischen Gütestandards von Benjamin, der offensiv anti-intrigante Direktheitsterror, das wirkt demgegenüber naiv, fast schon richtig dümmlich.

Erklärt Martin.

»Das fiel mir vorhin auch schon ein.«

Sie sitzen endlich im Flugzeug nach Köln-Bonn, und Martin erzählt vom Treffen gestern abend mit Dietl und

Süskind in Wien. Der Skandal IN HIGH PLACES soll nur drohen, die Fakten nicht wirklich ans Licht kommen. Die belastenden Papiere werden verschiedenen Redaktionen angeboten, aber komplizierte Konzern-Loyalitäten und persönliche Verbindungen verhindern, dass eines der Blätter sich dazu entschließt, die Geschichte, die als Gerücht längst in der Welt ist, auch endgültig durch eine Veröffentlichung des Materials wirklich bekannt und überprüfbar zu machen. Schrödinger beginnt, nach einem Moment des Schocks, der Abwehr und des Leugnens, seine Truppen zu ordnen. Und er baut in diesen ersten Tagen des Rumors im Hintergrund eine zumindest provisorische Erklärungs- und Verteidigungslinie auf, die zunächst auch akzeptabel erscheint. Kernpunkt: Er habe niemandem geschadet, er habe die andere Seite nur hingehalten, er habe immer im Interesse seiner Zeitung gehandelt. Erst als die Reporter des Konkurrenz-Boulevardblatts ZZ mit der Meldung herauskommen, Schrödinger habe zu der jungen Dritt-Ehefrau des Aufsichtratschefs des Konkurrenz-Konzerns, zu dem ZZ gehört, ein langjähriges Verhältnis gehabt, ist eine echte Boulevard-Dimension im Spiel, ist auch die offene Hetzjagd eröffnet. Schrödinger verschwindet. Eine Lawine von Bosheit bricht los gegen ihn und sein Blatt. Ein Gemisch aus Lügen, Wahrheit, Unterstellungen und Verdachtsgeschichten, aus Racheakten, Übertreibungen und den sprichwörtlich finstersten Machenschaften, die gegen Schrödinger gerichtet, in Wirklichkeit aber längst schon für die Zeit nach Schrödinger gedacht sind. Gemessen an dieser öffentlichen Hetzjagd erscheint Schrödingers reale Schuld seiner geheimdienstlichen Tätigkeiten plötzlich fast harmlos. Als am Montag die Boulevard-Zeitungen mit verlogenen Besorgnis-Schlagzeilen erscheinen, ist Schrödinger bereits tot. Er wird an seinem Arbeitsplatz, hinter seinem Schreibtisch, am Boden liegend, von seiner Sekretärin tot aufgefunden, erschossen. Kein Abschiedsbrief ist da, vorerst jedenfalls. Die Ermittlungen beginnen, Ende des Gesprächs über den Film.

Sie reden über die kleine Meldung im gestrigen Focus, auf den Szene-Seiten, über die Martin sich geärgert hat. Er hat die Fakten einer netten Redakteurin von Focus letzte Woche auf Anfrage noch ausführlich am Telefon erklärt. Aber geschrieben haben sie dann trotzdem:

»Martin Stallberg, 42, Kult-Autor der 80er-Jahre-Bibel SOCIAL DISEASE, schreibt nach Jahren des Schweigens an seinem ersten Roman. Geplant ist ein voluminöses Sittengemälde der gegenwärtigen Presselandschaft, Arbeitstitel: DAS BÖSE BUCH. Allein die Vorarbeiten für das Mammut-Unternehmen würden jetzt schon mehrere tausend Seiten umfassen. Stallberg, der zusammen mit Benjamin von Rifteeks, 31, die Text- und Konzept-Fabrik PUBLIC SWORD betreibt, hat einen ganzen Stab von Mitarbeitern an der Ausarbeitung von Tonbandaufzeichnungen, Geheimdienstunterlagen, Sitzungs- und Gesprächs-Protokollen sowie an theoretischen Forschungen zur Organisations-Soziologie sitzen. In den Redaktionen gibt man sich auf Anfrage unbesorgt. So hieß es von seiten der FAZ: ›Zu Stallberg und seiner Medien-Sekte gibt es von unserer Seite noch nicht mal ein Dementi.‹ Stallbergs Roman DAS BÖSE BUCH ist für das kommende Frühjahr angekündigt.«

Schwachsinn, klar. Schwachsinn nur leider mit Wahrheitskern, das war das Unangenehme. Martin hatte den Fehler gemacht, für eine Geschichte in Econy über Public Sword ein zu offenes Interview zu geben. Der Interviewer, der unter dem Pseudonym Tibor Bestier für Econy arbeitete, war ihm auf Anhieb sympathisch gewesen. Und am dritten Abend hatte er ihm einige zu private Dinge von sich und der Firma erzählt. Er hatte sich interessant zu machen versucht bei dem jungen Mann. Der sagte fast nichts. Der schaute nur. Dann schrieb er die wunderbare Econy-Geschichte, ohne eine Silbe von Indiskretion.

Es musste Fred Büggmann dazu kommen, der letzte der Verlorenen. Die Geschichte in Econy erschien, und Büggmann machte sich sofort an Tibor Bestier heran, Anruf, Kompliment, er kenne ihn über eine andere Ecke, von dessen Vater her. Er würde ihn gerne treffen, näher kennenlernen, er selber sei früher Kompagnon der Swords gewesen, arbeite heute breiter, anders, verdeckter. Er wäre neugierig auf ihn. Sie hätten sich einiges zu sagen, da wäre er sicher. Die Art, wie Büggmann vorgeht in solchen Fällen, wird bewundert von den Schreibern des Boulevard, von allen. Die Mischung aus Gefühl, Wissen, Lauern, Lüge und gespielter Scham. Und es funktionierte wieder einmal, auch hier. Bestier traf sich mit ihm, sie kamen ins Gespräch, und schon hatte Büggmann angedockt. Den anderen angebohrt und angezapft, angesägt und ausgesaugt. Da konnte der Typ selber noch nicht mal wirklich was dafür. Das Schweigen muss erst noch erfunden werden, das solchen professionellen Methoden widersteht.

Dann Anruf beim Focus. »Büggmann hier«, er wüsste da paar vielleicht nicht uninteressante Kleinigkeiten über diese bösartige Medien-Sekte Public Sword. Büggmanns alter Freund Roger Thiede: »Ach, der grässliche Büggmann.« Wo er eigentlich arbeiten würde inzwischen? Ja, er, er schreibe doch dieses grandiose Buch. Wie? Er auch? Ja, schreiben wir denn nicht alle diesen unbeschreiblichen Medien-Roman? Und dann hat Büggmann seine Informationen weitergegeben. Schon steht alles in der Zeitung, in Focus, im sogenannten Blatt. Thiede: »Wir heben deine kleine Geschichte ganz groß ins Blatt.« Ist ja toll. Wort für Wort.

Da ist das Essen endlich.

Benjamin will nichts, und Martin meint:

»Darf ich dir einen Tip geben?«

»Bitte nicht.«

»Ich würde den Hungerstreik so langsam beenden.«

»Haach, Martin, vielen Dank.«

»Nee, echt, du schaust nicht mehr gut aus.«

»Hauptsache, du schaust gut aus.«

»Du schaust aus wie ein alter Mann, so verdörrt, echt, richtig krank, pervers.«

»Ich bin ein alter Mann, Martin.«

»Blödsinn.«

»Du übrigens auch.«

»Nee, mein Lieber, auch das stimmt nicht.«

Dann reißt Martin das Zellophan von seinem Plastikteller runter und fängt zu essen an, und Benjamin liest im Spiegel die Geschichte über Tina Brown. Talk. Das neue US-Magazin. Thomas Hüetlin schreibt über die Präsentationsparty zu Füßen der New Yorker Freiheitsstatue.

»Was hältst du eigentlich von Thomas Hüetlin?«

»Wieso?«

»Ich dachte, du kennst den.«

»Ja, klar, und?«

»Der schreibt so angenehm.«

»Ich glaube, dem gehts da ganz gut, in New York.«

»Aha.«

Reporter werden. Die andere Möglichkeit. Aber Benjamin wollte sich nicht vier oder fünf Jahre durch irgendeine Redaktion nach oben durchkämpfen. Man musste da mit einer unglaublichen Energie in einen stillen, stummen, öden Infight gehen, gegen alle Kollegen.

Benjamin macht den Spiegel zu, kuckt sich um, da

sitzt niemand, und er drückt mit seinem Rücken die Lehne zurück, schaut zu Martin rüber, der nickt, und dann macht er seine Augen zu und fühlt sich todmüde auf der Stelle und dämmert so langsam weg.

Das Flugzeug schlägt am Boden auf. Benjamin wird wach. Er schaut raus, schaut Martin an, der liest den Spiegel. »Willkommen, verehrte Fluggäste, in Köln-Bonn.« Mit dem Taxi fahren sie ins Kölner Hyatt. Dort beziehen sie ihre Zimmer, machen sich frisch und lassen sich pünktlich um 8 Uhr ins Danieli bringen. Der Prunk des Restaurants bezieht sich auf das venezianische Original, erklärt Harald Schmidt und begrüßt die beiden Swords. Harald Schmidt bringt seinen Business-Adlatus mit, den er als »Herr Veehringen« vorstellt, und seine beiden Prinzen, Benjamin von Stuckrad-Barre und Christian Ulmen.

»Die beiden kennen Sie ja?«

»Natürlich.«

Martin erzählt von früher. Er hätte früher viel mit Film zu tun gehabt, Anfang der 90er Jahre. Unter seinem Trash-Pseudonym Ricky Martin hätte er in der Werbung ordentlich Geld verdient, einige prämierte Werbespots für Eichinger geschrieben und gedreht und im Auftrag von Dominik Graf an der berühmten Prä-Doku-Soap-Serie Big Brother mitgearbeitet.

Das Essen wird bestellt, und dann fängt die eigentliche Besprechung so langsam an.

»Aufwachen, Benny!« – »Katharina?«

Benjamin liegt angezogen auf dem zugedeckten Hotelbett, hebt den Kopf und lässt ihn wieder sinken. Also total betrunken. Verdammt. Blick auf die Uhr, keine Uhr da. Es ist Nacht, die Lampe über dem Schuhfach im

Vorraum brennt, im Bad ist Licht, und wie Benjamin sich aufzurichten versucht, merkt er: stimmt, Übelkeit, ihm ist schlecht, und zwar brutal. Es war aber schon schlimmer, es ist schon besser. Ein gelber Eimer steht neben dem Bett am Boden. Ein gelber Eimer? Es riecht aber wenigstens nicht so, als hätte er ihn gebraucht. Er fühlt sich ganz frisch plötzlich, steht auf, da sitzt er wieder, greift nach seinen Zigaretten, nimmt eine raus, zündet sich eine an und geht ins Bad, und wie er um die Kurve kommt, sich eben noch im Spiegel um die Kurve biegen sieht, wird ihm schwarz vor Augen, und der Boden ist weg, er hebt irgendwie ab, und dann ist es aus. Benjamins Körper schlägt rückwärts zurück. Der Schädel erreicht als erstes, peitschend beschleunigt vom fallenden Torso, den steinernen Boden, kracht auf und zerbricht. Irgendetwas Schlimmes ist eventuell passiert, der Tod steht schon in der Türe, fragend die Geste: der da? Jetzt?

Das Telefon läutetet.

Er geht dran.

»Ja bitte? Nein, noch nicht.«

Dann legt er auf und geht.

Das Telefon läutet. Benjamin wacht auf. Martin ist dran, Benjamin hat verschlafen. Was los wäre mit ihm, ob er nicht frühstücken kommen möchte? Klar. Möchte er, unbedingt, sofort. Wieviel Uhr es ist? Wann sie fliegen? Aha, es eilt also. Benjamin geht ins Bad, sieht das Blut am Boden, wischt es weg, steht unter der Dusche, trocknet sich ab, zieht frische Kleider an und geht die Treppe runter in die Halle.

»Zimmer 207«, sagt er und zeigt dem Wächter an der Türe seinen Schlüssel, dessen Nummer er dem angehängten Messingschild abgelesen hatte. Der Uniformierte notiert das. Benjamin steht da und hält Ausschau nach Martin. Martin winkt ihm zu. Benjamin geht hin, setzt sich an den Frühstückstisch, und Martin sagt:

»Ich habe für dich auch Kaffee mitbestellt.«

»Ah, super, vielen Dank.«

Dann reden sie über den gestrigen Abend.

die aufgabe
der schrift

3
Die Aufgabe der Schrift

»Adapted from a true story.«

Es war ein herrlicher Abend. Auf der Terrasse standen festlich gekleidet die ersten Gäste, es war mild, es wurde geredet, und drin im großen Saal hatte man das Licht schon angemacht. Die elektrisch funkelnden Glühbirnen glitzerten von oben herunter, nach draußen, so ging ihr Licht von da durch die offenen Türen, und ein Wind wehte und brachte Kühlung. Jenseits der Bäume, in der Ferne, leuchtete der Himmel im sommerlichen Abendglanz.

»Darf ich bitten?«

»Ich freu mich, Sie zu sehen.«

»Was möchten Sie trinken?«

Sie nehmen die Gläser, stoßen an, die Blicke treffen sich, es blitzt in den Augen, und gemeinsam schauen sie dann hinaus über den See. Sie macht eine Geste, sie tun paar Schritte, sie stehen schon auf der Wiese, und das Gemurmel hinter ihnen wird leiser.

»Da?«

»Ja.«

Ein kleiner Pfad, seitlich, gewunden, am Zaun lang, zum Gebüsch hin, ins niedrige Blättergestrüpp, vorbei da, und den Hügel hinunter zum Wasser gehen. Die Wellen, ein Boot und der Steg, es riecht gut, nach Holz und Hochsommersonne, nach dem matt geschwappten Geschmatze des Sees hier beim Schilf und den Steinen. Hinten, am Horizont, wo über den flaumigen Härchen des anderen Ufers das große Lichtspiel des Abends aufflammt, pastellfarben mint, türkis und pfirsichorangerosarot hell: die Wölkchen, und unendlich lau dahinter das Blau, der Planet, wie er atmet, so lind, diese Erde.

»Abendrot.«

»Schönwetterbot.«

Sie stehen da nebeneinander und sehen dieses Bild,

und jeder denkt etwas anderes, auch das hat sein Schönes. Die Nähe der Körper ist ein Geschenk derer, die keine mehr haben. Das vergisst man gern, und es ist gut so. Viele Gedanken sind eher dazu da, eine Art innere Stimmung, eine Bereitschaft vorzubereiten, ein Öffnen und Harren auf kleine Momente der – aber ach was. Vieles ist möglich, und wir werden leben, es wird uns geschehen.

»Und wenn du sie siehst – «

»So lächle ihr heimlich zu.«

Sie schauen sich an, Klaviertöne wehen herunter, sie drehen sich um. Es ist dunkler geworden, und die Villa da oben, zwischen den Bäumen, weißfarben steht sie im tiefdunkelgrünen Drumrum. Ganz weiß und geradegerichtet gehen die Kanten und Linien der Wände, die Ecken, die Fenster, die Rundungen ineinander, der Eindruck der Form. Der Idee eines Gebäudes zum Wohnen, hingestellt auf den Hügel, über den See, rein in die alten, lebenden Wurzelgeschöpfe, die Bäume. Gezackt und ganz anders geordnet mit ihren Blättern, dauernd so bisschen zitternd und bebend greifen sie aus, selbstbewusst auch, mit ihren Ästen und Zweigen, nach ihresgleichen und nach den Menschen.

»Wollen wir gehen?«

»Gern.«

Quer durchs Gras steigen sie hoch jetzt, in ruhigen Schritten, schweigend. Von der Terrasse her das Reden der Leute wird lauter. Worte erklingen, einzeln erst, dann ganze Sätze.

»Ich bin gern an Ihrer Seite.«

»Ja. Mir gehts genauso.«

Dann sind sie oben wieder angekommen, stehen da unter den anderen, mit denen zusammen, manchmal grüßt einer freundlich und nickt, und ihre Gesichter sind heiß, sie schnaufen richtig, kucken sich um, kucken sich an und schauen nochmal zurück, von wo sie herkamen eben erst, da unten.

»Schön schaut das aus.«

»Stimmt.«

Zeit, sich zu trennen. Sie sieht, dass er sie eben jemanden sehen sah. Sieht, dass er ihre Wahrnehmung seiner Beobachtung natürlich auch gesehen hatte gerade. Dass von allen Seiten die vielen Geschichten des Abends zu locken beginnen, dass das traurig ist vielleicht, im Augenblick, aber zugleich auch absolut richtig.

»Einen schönen Abend!«

»Danke. Wünsche ich Ihnen auch.«

»Vielleicht sehen wir uns nachher nochmal.«

»Ich würde mich freuen. Adieu.«

Ein Ja in der Bewegung, ein Stich, von Herzen kommend, und dann gehen sie in unterschiedliche Richtungen auseinander, drehen sich nochmal um, jeder für sich, dem anderen entgegen, und der Moment passt zufällig genau, und ihre Blicke treffen sich noch einmal, zum Abschied, beinah heftig.

HAUS
DER WAHRHEIT

»Magic doesn't come
to those, who don't expect it.«

Katharina ist spät dran, sie sitzt in der S-Bahn, liest, schaut auf die Uhr und kann sich nicht konzentrieren.

»Na, schöne junge Frau, was kucken se denn so detsch?«

»Ach, wissen Sie, eher kaputter alter Mann.«

»Nu hör sich das einer mal an!«

»Wieso? Sind Sie selber anderer Meinung?«

»Ja, selbstverständlich, ich bitte Sie.«
»Interessant. Wo fahren Sie denn hin?«
»Nach Wannsee, ins Loretto. Und Sie?«
»Ich fahr zu einer Lesung.«
»Eine Lesung. Faszinierend. Was wird denn gelesen?«
»Naja, Literatur, ein Buch.«
»Is klar, und wovon handelt Ihre Lesung?«
»Ein neuer Roman, von einem Typ, der – «
»Ja ja, ich meine, worum geht es, bei dem Buch?«
»Ich glaube, es ist mehr eine theoretische Geschichte.«
»Wie: theoretisch? Wie meinen Sie das?«
»Na ja, der Autor, der Erzähler, die Art, wie – «
»Wissen Sie was?«
»Nee?«
»Darf ich Ihnen mal was erzählen?«
»Nee, danke, bitte nicht.«

Der Penner ist näher gerückt und stinkt. Und Katharina hat keine Lust auf die sicher philosophisch grandios durchwirkte Erzählung des Penners. Er legt jetzt seine Hand auf Katharinas Knie, und sie sagt zu ihm:

»Sie sind wahrscheinlich ein absolut toller Erzähler, aber ein unmöglicher Mensch. Und nur weil Sie Penner sind, brauchen Sie nicht glauben, Sie bräuchten sich nicht mehr zu benehmen. Da können Sie jetzt mal darüber nachdenken, Sie stumpfer Idiot. Wiedersehen.«

»Hopla. Holla. Umgotteswillen.«

Grumbelt der Penner vor sich hin, und Katharina steht auf, geht zur Türe und schaut raus, wie die S-Bahn durch die Wälder des Grunewalds zieht, wie die Häuser von Wannsee auftauchen. Und dann hält die S-Bahn, Katharina steigt aus und fängt sofort zu laufen an.

Sie läuft und denkt an früher, durchs Laufen. Wie sie als Kind in den Sommerferien – von hinten ruft wer, sie dreht sich um, da kommt Sarah hinter ihr hergelaufen

und winkt. Katharina bleibt stehen.
»Hallo.«
»Ich dachte, du wärst in Spanien.«
»In Spanien?«
»Gehst du auch zu der Lesung.«
»Ja, ganz schön spät schon.«
»Lass mal lieber laufen.«
Sie laufen los, treppab, treppauf, durch den Wannsee-Bahnhofs-Tempel. Katharina freut sich, dass sie Sarah getroffen hat.
»Kriegst du auch immer so Erinnerungen durchs Laufen?«
»Was für Erinnerungen?«
»Naja, an früher halt.«
»Das kenn ich gar nicht.«
»Aha, ich dachte, das hat jeder.«
»Was jetzt genau?«
»Ist egal.«
Katharina zeigt auf das Straßenschild, wo das Wort »Kronprinzessinnenweg« drauf steht. Sarah lacht.
Viertel vor neun ist es, als sie das Gartentor bei Bosse und Lackmann aufmachen und über den Kiesweg auf den Eingang zugehen. Sarah tupft Katharina auf die Nase. Katharina wischt drüber und fragt:
»So?«
»Besser.«
»Sehr gut.«
»Ist hier nicht auch das komische Literarische Colloquium irgendwo in der Nähe?«
»Nee, das ist da hinten, auf der anderen Seite.«
»Wo?«
»Da hinten.«
»Ah.«

Sie kommen rein, und es ist voll und leise, und irgendwer redet, und die Leute drehen sich nach ihnen um. Und sie kriegen böse Blicke. Als würde jeder Atemzug stören. Sie schauen sich an und müssen lachen. Der Typ am Mikro, den sie nicht sehen können, macht eine Pause, räuspert sich und fährt dann fort.

»Ich hasse Lesungen.«

»Das ist doch gar nicht der Typ.«

»Keine Ahnung.«

»Das ist irgendein Kritiker.«

»Echt?«

Der Typ redet kritikerartigen Text. Er redet über die Sprache, in der die Geschichte erzählt ist. Es dauert, bis man sich einhört in das, was er meint. Zuerst ist es eher die Tonalität, die eben gewirkt hatte, dass man dachte: interessant.

»Wie heißtn der?«

»Keine Ahnung.«

»Wir sind solche Penner.«

»Ich weiß, mich hat vorhin ein Penner – «

»WAS?«

Wieder drehen sich Leute um, und Katharina hört zu reden auf.

»Nachher.«

»Genau.«

Meint die eine Kuh: »Könnt ihr endlich mal ruhig sein, bitte. Danke.«

Katharina: »Wie bitte?«

Kuh: Sie will noch was sagen, aber da wird sie durch den Anblick der beiden Frauen, wie Katharina jetzt sieht, ihrer eigenen, eher armseligen, verblödeten und matschig aufgedunsenen Kuhhaftigkeit selbst ansichtig, und hält, davon verunsichert, ihren sogenannten Mund.

Katharina: »Wie meinten Sie so völlig richtig eben?«

Sarah mahnt Katharina mit einem leichten Ellenbogenkick auf ihren Oberarm zur Nachsicht, und dann stehen sie einfach da, mitten in diesem Getümmel, mitten in diesem phantastischen Berliner Kulturaufllauf, und Katharina kann vor lauter Aufregung plötzlich gar nicht mehr denken, vor lauter Freude.

Also, worum gehts denn genau? Wo fehlts?

»Was kann ich für Sie tun?«

Die Mädels haben zwei junge Germanisten aufgegabelt, die müssen kurz mal bisschen verrückt gemacht werden, schnell. Die sind so seltsam ernst, die schauen so seriös.

»Das ist ja wohl kein Zustand? Wie?«

»Nö.«

»Eben.«

»Zwei Champagner also bitte, ja?«

»Natürlich.«

»Bitte schnell, wenn es geht und sein darf, ja?«

»Ja, natürlich, kommt gleich, Augenblick, Moment.«

»So ist es recht.«

Denn in diesem Augenblick redet ja vorerst noch der Typ am Mikro, er hat die Sprache schon durch, das ging schnell, und jetzt ist er also beim Thema. Thema des Buchs, aus dem heute hier gelesen wird, vor eigens gekommenen Leuten, vor geladenen Gästen, vor zufällig Dahergelaufenen und Hereingeschneiten, vor versammelter Gesellschaft also, vom Autor selber übrigens, das ist ja der Witz, der Star des Frühjahrs ist selber gekommen, um hier – »hallo Berlin!« – jetzt gleich zu lesen, –

»Rudolf Stichweh«, meint Sarah, »jetzt fällts mir ein.«

»Aha, kenne ich jetzt nicht. Muss ich den kennen?«

»Katharina, du spinnst!«

Sagt der Redner nun also sinngemäß etwa folgendermaßen: Thema wäre die Welt des geistigen Lebens, in echt, in der Realität. Eine Welt, die die meisten, oder sagen wir lieber, sehr viele, die ich hier sehe, aus täglicher Praxis der eigenen Arbeit selbst kennen, aus eigener Erfahrung, wäre also jenes Totum aus Banalität und Tragik, Schönheit und Verblödung, Krise und –

»Wenn er jetzt Kritik sagt, – «

»Ruhe bitte!«

komplexen Produktionsprozessen, die in jedem Mikromoment von Aktion eine solche Dichte und Masse an Widersprüchen gleichzeitig prozessieren und übergehen, unterlaufen und realisieren, dass die realitätsadäquat wirr wirkende und dabei doch hochgradig vernünftig geordnete Auflösung all dessen im Grunde erklärungsbedürftigerweise selten gelingt. Warum eigentlich? Fragt man sich, warum gelingt das so selten? Wie kommt das? Die Antwort liegt, und es ist ein beinahe tautologisches Moment in ihr eingeschlossen, wenn wir bedenken, dass hier, in der Villa der Worte, wie man diesen Ort hier schon genannt hat, wie ich eben hörte, diese Antwort zu geben versucht wird, in der Natur der Sprache und ihrem Verhältnis zum Schweigen.

Stille.

Geflüster.

»Wie?«

»Ich glaube, das wars schon?«

»Was hat er denn?«

»Komisch.«

»Schade, war gerade interessant geworden.«

Rudolf Stichweh macht eine einladende Geste der Freundlichkeit, bedankt sich, übergibt an Thomas Kapielski, und die eigentliche Lesung kann beginnen. Durch die Verschiebung zwischen den Leuten sieht Katharina plötzlich die anderen, die übrigen Swords, und die eben noch so fröhliche Laune kippt ihr weg.

Bodenlos. Gar kein Gedanke mehr da. Nur so ein Riesenschreck. Das Gesicht einer Frau, die sie nicht kennt, neben Lars, und dahinter der Haarschopf von Benjamin. Sie hatte gedacht, es wäre schon durchgestanden. Sie hatte sich fast schon gefreut darauf, wenn sie sich wieder mal sehen. Falsch. Sie hatte die Gewalt unterschätzt, dieses Moments, den sie oft vorwegzunehmen versucht hat, den Schreck, den ihr der Anblick Benjamins einjagen würde, sein Körper. Sarah legt einen Arm um sie, und sie gehen zusammen raus.

»Erstmal schön eine rauchen.«

Sie stehen neben der geschwungenen Treppe im Vorraum, in der Empfangshalle, wo es hoch geht in den ersten Stock und wo seitlich darunter, in der Ecke, eine improvisierte Bar aufgebaut ist. Auf Tabletts stehen die Gläser mit Orangensaft, Sekt, Weißwein und Wasser. Und die Frau, die dahinter steht, in weißem Männerhemd, schwarzer Jeans und langer weißer Schürze, meint zu Sarah:

»Hallo, Sarah!«

Sarah dreht sich zu ihr hin. Katharina kuckt auch. Und Sarah schaut die Kellnerin an, einen Moment verunsichert, und grüßt dann auf Verdacht tastend zurück.

Sie: »Du kennst mich wohl gar nicht mehr?«

»Ah, ja, stimmt, klar. Warte!«

»Na?«

»Ä.«

»Nu? Was? Wie?«

Katharina schaut zu und wundert sich über die Art von der Frau. Da reden sie schon, Sarah und die Bedienung, die Sarah jetzt Benedictine nennt. Sie kennen sich von der Uni, von früher, sie reden über gemeinsame Bekannte aus dem Nachtleben, die Katharina nicht kennt. Zwischendurch bedient die sogenannte Benedictine die

Leute, die an die Bar kommen und irgendwelche Sonderwünsche haben.

Sarah macht kleine Bewegungen, um Katharina näher an ihr Gespräch mit Benedictine heran zu führen, schickt freundliche Blicke rüber, Kerstin stellt sich auch dazu, und wie Katharina gerade so bisschen zuzuhören anfängt, kommen zwei Typen vorbei, die Bier in der Hand haben, sich an die Wand neben sie stellen und ihr Gespräch fortführen, als wären sie allein. Es wird da über einen dritten geredet, und Katharina irrt sich nicht, Sarah signalisiert, ja, stimmt, sie hört es auch: die reden über Lars.

Und zwar richtig asozial. Wobei es sich nicht um eine Beschimpfung handelt, eher um eine beschreibende, allerdings bösartige Analyse. Offenbar irgendwelche früheren Kollegen von ihm. Vorhin ging es um das Getue mit seinen Klamotten, jetzt geht es um sein intellektuelles Gehabe. »Man könnte natürlich sagen«, sagt der eine Typ zum anderen, »Wittgenstein, Erkenntnis, Alltag, Sprache, Sprachspiel.« Und in dem Moment ist klar: Baracke. Von der Baracke sind die, Leute aus der Baracke, die Lars aus der Zusammenarbeit an dem Krausser-Stück kennen. Und mit wie großen Ohren Lars in der Gegend rum laufen würde, meint der andere, das wäre die Ironie an der ganzen Geschichte.

Wie? Katharina dreht sich um und schaut die Baracke-Typen an.

»Verzeihung, hast du Feuer?«

»Logisch.«

»Bist du Münchner?«

»Nee.«

»Habt ihr eben von Diptychon geredet?«

»Nee.«

»Ich dachte, ich hätte sowas aufgeschnappt.«

»Nee. Diptychon? Hast du Diptychon gesagt?«

»Nee.«

Katharina hebt die brennende Zigarette hoch, bedankt sich und wendet sich wieder Sarah zu. Und Sarah meint, sie könnten mal hoch gehen, in den ersten Stock. Kucken, was da so los ist.

»Wie sind die beiden Typen?«

»Bisschen blöd.«

»Es klang interessant.«

»Ja, schon. Interessant schon.«

Von oben kann man runter kucken. Die Lesung läuft noch, es ist ziemlich leer in der Vorhalle, zwischendurch kommt und geht mal einer raus und rein, und man sieht die Form des Raums, eine Art Pyramidenform mit abgeflachter Spitze. Am Boden liegt weiß-schwarzer Marmor, wie in Melencolia I. Wahrscheinlich nennt man den Stein anders. Es schaut jedenfalls sehr stylish und alt zugleich aus, modern. Hinter ihnen geht eine Türe auf, ein Kopf wird rausgesteckt, wird wieder reingezogen, dann geht die Türe wieder zu.

»Was ist denn hier los?«

»Hat er was gesagt?«

»Ich habe nichts verstanden.«

Sarah erzählt, sie hätte eben mit Benedictine über Kubrick geredet, ob Katharina den neuen Film schon gesehen hätte. Ja. Sarah hat nur darüber gelesen. Wie ist der Film denn? Und Katharina sagt: »Wunderbar, unglaublich, der schönste Film über die Liebe, den ich kenne.«

Der seltsame Effekt ist, dass Sarah durch Benjamin Katharinas Gedanken fast genauso gut kennt, wie Katharina die von Sarah. Langsam wirkt auch der Sekt, langsam steigt die Laune wieder. So langsam könnte man sich mal wieder runter ins Getümmel wagen. Oder auch –

Katharina dreht sich um, macht drei Schritte auf die

Türe zu, klopft an und drückt im selben Augenblick die Klinke runter. Ein Arbeitszimmer, ein Schreibtisch, ein Mann und eine Frau, über den Schreibtisch gebeugt.

»Verzeihung.«

»Nee, kommt doch rein.«

»Stör ich?«

»Überhaupt nicht. Willste Drogen nehmen?«

»Drogen?«

»Muss nicht, könnte aber.«

»Sofort, Moment.«

Hu. Geil. Ist ja hart. Katharina tritt zurück, dreht sich um zu Sarah und macht eine heftige Geste, los, komma her. Deutet nach drinnen, deutet an ihre Nase, deutet zwischen ihnen beiden fragend hin und her. Sarah will nicht. Katharina: kurzer Kampf. Ja, nein, nein, ja. Okay. Sie macht die Türe auf und sagt:

»Später vielleicht. Vielen Dank.«

»Wenns dann nur nicht zu spät ist.«

»Mal kucken.«

»Okay.«

Die sind vielleicht nett. Man könnte sich mal fragen, wo Deutschland stünde ohne Drogen. Dann gehen Katharina und Sarah zusammen die Treppe runter. Sarah:

»Du bist bisschen blass.«

»Echt?«

»Vielleicht ist das auch nur das Licht hier?«

»Lass mal reingehen wieder, oder?«

Sie holen sich bei Benedictine noch zwei Gläser Sekt und gehen, hallo Martin, hallo Mädels, von Martin begrüßt, der ihnen entgegenkommt, wieder in den großen Saal, zur Lesung. Martin schaut sich um, schaut ihnen hinterher und macht dann die Türe zum Klo auf und verschwindet da.

ASOZIALE REFLEXE

*»We'll slide down
the surface of things.«*

Anders als vorhin ist jetzt richtig Stimmung im Saal. Jeder Satz ein Treffer, jedes Innehalten ein gleich kommts, jeder Lacher gleich ein Kracher. Die Leute sind so blöd. Der Text ist gut, aber nicht zum Brüllen. Kapieren die das nicht? Nein. Text wird nicht verstanden, auf Lesungen.

Benjamin beobachtet Lars, der hat ja kein Problem, mit nichts. Das ist auch ein Talent, das muss man auch erst mal haben. In dieser fast schon aggressiven Deutlichkeit ausgeprägt. So oft gibts das gar nicht.

Es geht doch nicht immer nur um Wahrheit. Es geht manchmal doch auch um die Bewegung. Nicht um Kritik, sondern um – . Nein, Benjamin geht es um Kritik. Kritik im Sinn von Analyse, von Sinn, von Einsicht in die Möglichkeiten, die verworfen sind, durch irgendwas Bestimmtes.

Stimmt auch wieder nicht. Benjamin merkt plötzlich, dass er selber im Moment wieder mal das Problem ist. Sein Abscheu vor den Leuten, vor dem Programm, vor dem Einverständnis-Unisono, das hier herrscht. All das kommt ihm vor wie Schwachsinn. Die Art von Unterhaltung ist der Horror. Die Gleichschaltung, die Lüge der Kultur, das große Goebbels-Programm, wo angeblich alle mitzumachen hätten. Quote, Umsatz, Charts. Stimmt doch gar nicht. Und wieviel hast du verkauft? Nichts, gar nichts, sehr wenig. Nicht viel.

Und da drängeln auf der gegenüberliegenden Seite die beiden Mädels herein, offensichtlich bestens gelaunt natürlich, offensichtlich schon leicht angetrunken. Und dass Katharina sich als erstes Sarah krallen würde, war leider auch klar.

Martin kommt zurück, bringt Bier mit.

»Cheers, mate.«

»Prost. Vielen Dank.«

»Dafür nicht. Ist was Wichtiges passiert?«

»Ich habe jetzt eben nicht so richtig aufgepasst.«

»Penner.«

Der Text ist inzwischen an der Klagenfurtstelle. Klagenfurt, Klagenfurt, fährt er klagend fort, ein kleiner Scherz, Entschuldigung. Es geht ja hier um den Humor. Um die all dies seiende Totalität dieser Welt der Finsternis, des Bösen und der Hölle schlechthin. Wohin? Lechtihn oder Stettin? Welthölle. Diese und keine andere. Das ist die Welt, in der wir leben. Und wems nicht passt, der kann ja gehen.

»Bloß wohin?«

»Wohin?«

»Lass doch nochmal raus gehen.«

»Immer dieselbe Rhetorik.«

Wobei gegen Rhetorik eigentlich nichts zu sagen ist. Die Frage wäre doch eher, ob auf das Wort Rhetorik die Szene mit Gobelin folgt oder, wie vorhin, die mit Goebbels. Ob der Ort der Rhetorik ein Wortort allein bleibt, oder durch den Blick auf den Teppich an der Wand gegenüber der Raum sich öffnet. Eine Kampfszene ist zu sehen, nackte Oberkörper, zwei Männer, die ringend ineinander verschlungen sind, im Freien. Die Natur ist in düsteren Farben dargestellt. Davor hängt der Leuchter, glitzern die Tropfen aus Glas, die Glühbirnen, sieht man auf die Handwerkskunst, die das irgendwann erschaffen hat. Genau so, dass es einem heute immer noch gefällt. Und immer noch Zwielicht, immer noch letztes Leuchten von draußen her. Es ist Mittwoch, heute, der

16. Juli 1999.

»Ich hatte fast so ein Freitagsgefühl.«

»Das ist wegen dem Feiertag morgen wahrscheinlich.«

»Kuck mal, die hat ihre Schamhaare rasiert.«

»Bisschen prollig, findste nicht?«

»Nee, ich find, das schaut süß aus.«

»Wobei es hier ja recht diskret ist.«

»Zu viel darf nicht weg sein, das stimmt.«

»Wie lief eigentlich dein Referat?«

»Au ja, das war geil.«

»Echt? Erzähl.«

»Nachher.«

Er liest also weiter. Es geht um diesen Typen, der in der Gauck-Behörde arbeitet. Wobei arbeiten fast schon bisschen viel gesagt ist, der jobbt da mehr, auf Akten-Hund-Niveau sozusagen, als besseres Faktotum. Und er schiebt da ein Wägelchen mit Akten vor sich hin, einen langen Gang entlang, Türe an Türe, vorbei an den Türen. Und man hat das Gefühl, gleich gehen seine Gedanken los.

Der Typ ist der Typ sympathischer Loser, Kiffer, schon bisschen älter, Berliner Ökonomie. Die Melancholie, die in dem Bild ist, kommt auch aus der Perspektive. Diese enge Flucht von Linien, der Weg und sein Eigentum, sein Einziges und seine Ausweglosigkeit. Das Abgeschabte, die vielen Leben, rein quantitativ, die sich hier im Lauf der Zeit ins eigene Schicksal schon gebückt und gebeugt und gefügt haben. Verdammt viele einzelne Leben. Dazu kommt der Aspekt der Massen von alltäglicher Gemeinheit, den dieser Ort beinhaltet, als Erbe der Staatssicherheit von früher. Und das gibt insgesamt einen grandios miesen Hintergrund für die Furiosiät und Herrlichkeit, für den finsteren Witz, die Brillanz und

Bösartigkeit, für die letzhinnige, kann man ruhig sagen, Wahrheit all dessen, was in dem Typen dann da so vorgeht. Der Kick ist also ein Kick der Position dessen, der spricht, der genau richtig ausgerichteten Blickrichtung, des geradezu meisterlich angerührten Hintergrunds. So ein Setting muss man erst mal schaffen. Und dann ist es ziemlich genau so, wie man es erwartet: der denkt, und wir hören zu.

»Ist ja interessant.«

»Finde ich auch.«

Und dann ist die Lesung fertig, und es gibt Applaus. Das ging genau richtig lange, nicht zu lange, nicht zu kurz. Perfektes Timing. Angenehmer Typ, wie er sich jetzt verbeugt, er schmunzelt, er dankt den Leuten.

Und der Applaus geht weiter.

»Ich glaube«, sagt Martin, »man muss schon ein relativ gefestigter Charakter sein, als Autor, um die Resonanzprobleme auszuhalten, die durch Auftreten vor Publikum entstehen, mit den eigenen Geschichten.«

Und bevor Benjamin, an den die Bemerkung gerichtet war, antwortet, meint Lars:

»Relativ reaktionäre Position auch, egal wie gefestigt.«

Martin: »Stimmt auch.«

Benjamin war im Moment noch weiter draußen. Bei einer Beobachtung wie: Dagestan. Neues Wort. Toll. Bei der Art, wie die Frau vor ihm sich eben, im Aufstehen, mit dem abgespreizten Daumen der linken Hand unter der linken Achsel gekratzt hat. Hier, es juckt. Moment, bin gleich da. Und bei der in diesem Augenblick hochschießenden Erinnerung an den Satz, der ihm heute morgen beim Trainieren wieder eingefallen war: »Der Begriff des Konsenses bereitet mir Verständnisschwierigkeiten.« Und dann steht Benjamin mit allen anderen auf, und sie klatschen alle, und er klatscht mit. Und man spürt die gute Laune im Saal, in dem das Gemurmel innerhalb von Sekunden anschwillt zum Normallevel der vielen redenden Stimmen. All der gleichzeitig ausgesprochenen Worte, ein Geräusch, das wohlvertraut klingt wie von früher her: wo sie immer alle redeten.

LAND DER LÜGE

»We haven't even started yet.«

Im märchenhaft herrschaftlichen Raum also, Sinngefühl, und orientalisches Licht. Die ausgreifenden Arrangements der Blumen in den Ecken, die Tupfer von Farbe, hell leuchtend, gedeckt zugleich. Und die Leute drehen sich und wenden sich, gehen aufeinander zu, bewegen sich und gehen voneinander fort. Sie gehen rum und hören, was gesagt wird. Hören sich selbst sagen, was sie sagen, ohne es zu merken, weil sie darauf achten, was die anderen sagen. Sachen sagen wie:

»Make it look like something like a Mafia funeral.«

»Herrlich.«

»Ganz toll, wirklich.«

»Ja?«

»Nee, echt. Sie also sind ja – ich sage das oft nur so, als Kompliment, aber das hier heute abend, ich – «

»Sie müssen es vermutlich so sagen.«

»Ich muss es so sagen, das war ja nun wirklich – «

Der Dichter nimmt es von der fröhlichen Seite, ganz souverän. Man will ihn natürlich festnageln, mit Komplimenten.

Er nickt, er nickt.

Er lächelt.

Und er geht dann. Geht so bisschen rum.

»Nu übertreibense mal nicht so schamlos.«
»Ich muss Sie leider enttäuschen.«
»Das habe ich befürchtet.«
»Nein, wirklich!«
»Dann tun Sie es, bitte, endlich.«

Durch die Weite über den Köpfen, wo der Rauch sich kringelt, bestrahlt von oben, schwingt der Buzz des eben sich ereignenden Events. Dass es toll wird, hatte man erwartet, dass viele kommen, auch, aber dass der neue Text diese Live-Qualität haben würde, hier, vor Publikum, dass alle irgendwie sagen: hopla, das ist doch mal was, so könnte es gehen. Das war in dieser Deutlichkeit dann eben doch genau nicht vorherzusehen. Davon fühlen sich die vielen hier jetzt insgesamt beschwingt.

Man trinkt, man redet, man lacht und kuckt.
»Darf ich Ihnen Feuer geben?«
»Dankeschön.«

Und auch damit hatte die Freude wohl zu tun, dass ein flüchtiger Blick durchs Gewoge der Menschen hier eine derartig erstaunliche Menge bekannter Gesichter streifte, Leute aus Redaktionen und Verlagen, Redakteure, Journalisten, Bücherschreiber, und paar Fernsehleute waren natürlich auch dazwischen, klar, dass –

»Wenn Sie sagen, so zu wirken hier, vor Publikum – «
»Nein, ich wollte – «
»Wie es eben gerade gewesen war, – «
»Das Argument ging andersrum.«
»Auf so viele unterschiedliche Leute, auf so unterschiedliche Weise Zustimmung her – «
»Vorzurufen, nein! Eben nicht!«
»Würde.«
»Ist aber falsch.«

Und Martin erzählt, er hätte neulich bei Eberts Geburtstag Frau Heyne kennengelernt, und sie hätte ihn ermutigt, denn sie hatten über Stephen King geredet: das könnte er auch. Und er meinte, bezogen auf sein Böses Buch: das würde bei ihm anders laufen müssen, Handlung, Spannung, Plot. Und sie meinte: wieso? Man kann doch machen, was man will.

Darüber ging das Gespräch. Kann man wirklich machen, was man will? Und dass es natürlich doch auch diesen ganz krank verstörten Aspekt gäbe, in einem fast schon grotesk überzogenen politisch-historischen Sinn, dass JEDE Handlung eines Deutschen in diesem Jahrhundert ein Mord ist. Dass man nicht so leicht weit ausgreifend die großen Geschichten erzählen könnte, deren Inbild die Familiengeschichten sind, solange die, denen wir, die Deutschen, die Familien ermordet haben, ihre Geschichten deshalb in viel zu kleiner Runde nur erzählen könnten. Immer wieder erinnert genau beim Erzählen an die vielen Toten, die nicht mehr mitreden könnten, an die Trauer, dass die nicht mehr da sind, und dass davon die Rede dann wäre, von den durch Mord abgerissenen Biographien, in direkter Nähe, von den Onkeln und Cousins der Eltern, von der Nichte einer Tante, von diesem damals noch so jungen Mann, der der Schwester jener jungen Frau, die dann – von den vielen vor der Zeit so abreißenden Lebensgeschichten. Und dass, das war Martins Argument, von alledem die deutsche Sprache handeln würde, Wort für Wort, in diesem Jahrhundert auf jeden Fall.

»Guten Abend.«

»Guten Abend.«

»Ah, guten Abend, schön, Sie zu sehen.«

»Ganz meinerseits, sind Sie denn fertig geworden, wie geplant?«

»Noch nicht ganz, es wird aber.«
»Wir telefonieren?«
»Morgen, hatten wir gesagt?«
»Morgen, genau.«
»Sehr gut, bis morgen also.«
»Ich bin gespannt.«
»Einen schönen Abend noch.«
»Ihnen auch.«

In der Ecke, neben dem geschlossenen Flügel, den ein schwerer, tiefrot gemusterter Teppich bedeckt, steht Tobias, mit suchenden Blicken. Er kuckt und wird ruhiger. Ein Kostüm, eine Rundung, eine weiße Bluse. Ein Ausschnitt, ein Po, Schuhspitzenballett. Und dann wieder Gesichter. Es sind doch viele, die er nicht kennt. Das macht die Sache interessant. Fröhlichkeit sieht er, Überraschung und Wut, Ekel, Furcht, Verachtung. Ja, das geht schnell. Und er sieht das Gesicht einer Dame mittleren Alters: Traurigkeit, sagt es.

»Ich sage ja nicht – «
»Doch, sagst du eben schon.«
»Gut, ich sage, ich will nicht sagen, dass der Artikel gut war, denn – «
»Aha, jetzt also doch?«
»Nein, ich sag doch – «
»Entschuldige mal, du – «
»Jetzt lass mich doch mal ausreden bitte.«
»Bitte.«
»Der Artikel war mies, wir mussten ihn machen.«
»Na also, geht doch, damit sagst du es selber.«
»Bist du eigentlich so blöd, oder tust du nur so?«
»Verzeihung, in dem Ton redest du nicht mit mir.« Und dreht sich um, auf der Ferse, und geht weg.
»Weg isser.«

»Idiot.«

»Was hat er denn?«

Sie reden über die Stimmung im Haus. Die Stimmung ist schlecht. Auf den Fluren wird geflüstert. Latrinenparolen machen die Runde. Arbeitsklima kann man das schon gar nicht mehr nennen. Angst. Angst herrscht. Jeder hat Angst, er wäre der nächste, der nächste, der sich eventuell überflüssig gemacht hat, überflüssig gemacht haben könnte vielleicht auch nur, durch irgendeine falsche Bewegung. Durch eine Bewegung überhaupt. Agonie, Stillstand, keiner bewegt sich. Wer sich rührt, wird erschossen. Ruhe bitte, Ruhe, habe ich gesagt. Das ist die Lage, im Moment, das ist die Wahrheit. Von Einsparungen ist offiziell die Rede, von Notwendigkeiten, ja natürlich, klar. Von Rendite, Kosten, Gewinnen, Ertrag. Und alle wissen, die Wahrheit ist: hier wird jetzt aufgeräumt, nach alter Väter Sitte. Reiner Tisch gemacht, und zwar ordentlich. Linie, Front, Begradigung. Der Fürst liegt im Sterben, der Fürst stirbt nicht. Willkür regiert. Verdacht und Verrat lassen sich melden, um an höchster Stelle vorzubringen: er. Er auch. Der da. Und immer wieder fällt das eine Wort: Angst. Sags nicht, sags leise, sag es noch viel leiser, Vorsicht.

»Und Ihre nietzscheanischen Phantasmen sollten Sie sich auch mal – «

»Haach Gott, immer dasselbe.«

»Ihre Ambitionen.«

»Haben Sie nicht vielleicht mal einen anderen Namen parat? Wenns schon partout keine Idee sein kann, keine neue Idee. Die erwartet von Ihnen ja eh keiner mehr.«

»Ich fürchte, junger Freund – «

»Junger Freund, genau. Reden Sie doch ruhig noch paar Takte mit den Menschen Ihres Alters. Da drüben, da stehen paar. Gehen Sie doch mal da rüber, das wird Ihnen gut tun. Da nimmt man Sie ernst, schätzt Ihre Worte, die Macht Ihres Amts. Gehen Sie, gehen Sie. Gehen Sie mir einfach so bisschen aus dem Licht. Denn, wissen Sie was?«

»Ich kann es kaum erwarten.«

»Sie riechen so schlecht, Sie riechen nach – «

»Ich bin ein alter Mann und rieche wahrscheinlich so. Und es werden die Tage kommen, das darf ich Ihnen in aller Freundschaft sagen, da werden Sie an mich denken und werden sich sagen: er hat nicht ganz unrecht gehabt. Ich konnte es nur nicht ertragen, damals. Und nun – «

In der Mitte des mittleren Raums hat sich das Grüppchen derer aufgebaut, die zuallererst mal deutlich machen wollen: wir, hier. An uns kommt keiner vorbei. Eine Art Platzhirschentum, wie man es eigentlich vorallem aus der Welt der Politik sonst kennt. Auch die Gesichter sind politikermäßig auf Lärm und Ausstrahlung von Dröhnsignalen aufgedreht und eingeschaltet. Fettes Grinsen. Sieger unter sich. Laune: keine Frage, Laune bestens. Machtgehabe. Und es gibt ja viele, denen das gefällt. Die sich davon angesprochen fühlen, die das anzieht, die da auch dabei sein wollen.

»Überflüssig in den Augen jener ominösen Instanz, jener letzten geheimnisvollen Macht, die wir – «

Lars: »Entschuldigung.«

»Verzeihung, wir reden hier gerade.«

»Sie reden gerade. Geht ganz schnell. Nur eine Frage.«

»Worum gehts denn?«

»Mein Artikel. Wird das was?«

»Ihr Artikel, stimmt, vielleicht ein Ansatz.«

»Das klingt relativ gebremst.«

»Nee, nee nee.«
»Kann ich denn die Tage mal vorbeikommen?«
»Nee, bitte, bemühen Sie sich nicht. Wir rühren uns, Sie hören von uns.«
»Aufwiedersehen.«
»Aufwiedersehen.«
Lars duckt sich weg. Das war der falsche Zeitpunkt. Das war nicht gut. Er muss wann anders wieder kommen. Lars will genau zu denen. Er will zu den Kaputten, jetzt, sofort. Das reizt ihn genau, die Macht.
»Um Himmels willen. Wer war denn das?«
»Hja, gute Frage. Das wenn ich wüsste.«
»Wir waren bei der Frage des Markts gewesen.«
»Richtig. Was wollte ich sagen?«

»Kurz vorher war von den tunesischen Gesandten und ihren Bräuchen die Rede gewesen.«
»Echt?«
»Ja, wenn ich es doch sage.«
Ein diabolisches Funkeln in seinen Augen, das sie wohl sieht, aber nicht so recht zu lesen weiß, versteht sie als den Ausdruck eines herzlich animierten Interesses. Es ist wohl eher ihr eigenes an ihm. Egal, sie leuchtet jedenfalls, sie strahlt. Momentchen, denkt sie, was sagt er.
»Sie schauen mich so freundlich an?«
»O.«
»Wie darf ich denn – «
Da erscheint jedoch in eben diesem Augenblick der Chef, sein Chef. Und er neigt sich vor und sagt zu beiden überleise:
»Ich störe ungern, aber ich bräuchte Sie eben mal, darf ich Sie wohl eine Sekunde entführen?«
Er, der Unter: »Aber Sie bringen sie mir auch sicher wieder?«
Der Chef zu ihm: »Also, mein Lieber!«

Er zieht sie am Ellbogen fort: »Frau Streelitz, es geht um Folgendes.«

»Aha?«

»Ich weiß nicht, ob Sie sich erinnern.«

»Bisschen genauer bitte.«

»Die Szene an der Bar.«

»Welche Bar? An welcher Bar?«

»Auf Ibiza!«

»Ah, ich weiß!«

»Ja und?«

»Der eine der beiden jungen Männer?«

»Sie meinen den mit dem Wagen?«

»Nee, die anderen.«

»Aha, worum geht es denn?«

»Es geht um Folgendes.«

Sie kuckt ihrem Chef ins Gesicht. Der Chef ist betrunken. Es geht um die Rede. Er habe diese Rede, die dann so Furore gemacht habe, entgegen anderslautenden Behauptungen und Berichten, die er nichts als infam zu nennen habe, nicht an zwei Abenden einfach so hingeschrieben, nicht in zwei Nächten, auch nicht nach dem Genuss von zwei Flaschen Château Margaux, Premier Cru. Er hasse Rotwein, er trinke Rotwein nicht und nie. Er kenne den Namen dieses Rotweins gar nicht.

»Momentchen. Stop, Stop.«

»Nein, doch.«

»Sie reden sich um Kopf und Kragen, guter Mann.«

Er sage, was er denke, er habe Strasser nie gesprochen. Das sei ja heute schon verboten wieder alles, er sage dazu nichts mehr, Schluss, aus, Strich. Das sei bekannt, er sehe hiervon hiermit ab.

»Wollen wir vielleicht noch eine Kleinigkeit trinken?«

»Nee danke, ich bin schon derart hacke.«

»Sieht man gar nicht so.«
»Ich reiß mich auch unglaublich zusammen.«
»Wollen wir nochmal hoch gehen?«
»Schon wieder?«

Stimmung steigt.

So langsam steigt die Stimmung. Ein kleines Schlückchen hier, ein Herzens-Prosit da. Zum Wohl, auf Sie, auf uns. Ganz meinerseits. Auf jeden. Es stimmt, die Stimmung hebt sich, die Stimmung ist enorm gestiegen. Und allseits steigt, noch immer mehr, die Stimmung hier im Saale an. Wie ist die Stimmung? Eindeutig gestiegene, sehr gute Stimmung jetzt. Jetzt deutlich gehobene Stimmung also, ganz allgemein, ausgesprochen angenehm, äußerst gehobene, hervorragende Stimmung. Man kann es nicht anders sagen. O je. Stimmung wird im Moment, in diesem Augenblick allerdings auch schon wieder so leicht penetrant, leider. Sehr penetrant. Ganz schlechte Stimmung. Wie das? Wortstimmung plötzlich. Zu dicht dran am Ding. Der Dichter denkt so bisschen lose dichtend vor sich hin, er denkt zum Beispiel an ein mögliches Gedicht. Das war ein Fehler, das war falsch. Das war es gewesen, das wars, der Fehler war dieses Gedicht gewesen. Er dachte an ein von ihm selbst gedichtetes Gedicht. Ein Fehlgedicht, natürlich, ganz eindeutig falsch, das war ihm fehlerhafterweise unterlaufen. Wie konnte das geschehen? Es ist nun leider nicht zu ändern, es ist passiert und publiziert, verdammt. Er denkt jetzt an das Dichten einer möglichst dichten Folge dichter Gegengedichtdichtung, sowas in der Art. Er denkt an das Gedicht, das von der schlechten Stimmung handeln würde, hier, im Raum, in ihm, denkt er, und denkt das selbstverständlich hochgestimmt, in bester Stimmung, wohl gelaunt. Schon klar, ist doch nicht zu unter- oder überbieten, bietet sich doch quasi an. Möglich wäre auch, man dreht das Ganze um, von schlecht auf gut und umgekehrt, und macht dann kurz, man könnte auch, wenn andererseits im demnächst übernächsten Leergutraum –

Hans Weber und Hermes Phettberg reden über Goethe. Thomas Bredebar erzählt Thomas Strunz den großen Journalisten-Roman, an dem er für Frau Hadi schreibe: Meine Handschrift. Fritz Schadebald redet mit Herbert Kloiber über seine Schirm-Firma, keinesfalls eine Scheinfirma. Bresinger geht zur Woche, Stich holt Alt vom Stern. Er selber lässt sich eine neue Brille machen, Stereo, der Effekt wäre toll. Die Rundschau bringt einen Artikel. Die taz auch, und Frau Wehgin, die in der Zeit über die Süddeutsche geschrieben hat, wird in der Funkuhr für den WDR wegen des Konflikts mit Rechert angegriffen. Herrschaften, meint Zahed, freundschaftlich vermittelnd, das muss sich doch nicht widersprechen. Bernd sitzt, wegen der Augen, neben Zahed, sie reden über Hitlers Helfer Bodo Stumpf: Labor und Leben. Peterson steigt auf das Stichwort Leben ein. Sonst hört doch keiner zu. Das gehört zum Handwerk. Er habe sich immer dagegen ausgesprochen, für Haader, mit Wach, vier Wasser bitte. Und allen anderen habe er sowieso alles mögliche abgesagt.

Zwischen den Kisten mit den Flaschen liegt der Typ am Boden, hinten in der Ecke, neben der Küche. Freundliche Fürsorge freundlicher junger Mädchen, relativ hilflos. Der Typ ist nicht so leicht zu heben, der ist auch nicht unschwer, sackartig sackt er immer wieder weg. Und ist auch nicht so recht bereit, richtig aufzuwachen.

»Hallo!«

»Der hört dich gar nicht.«

»Aufwachen! Sie!«
»Denkt der gar nicht dran.«
»Was machen wir denn jetzt mit dem?«
»Kann man doch nicht einfach liegen lassen hier?«
»Wieso eigentlich nicht?«
»Süß schaut er aus.«
»Ich weiß.«
»Schrecklich.«
Die Mädels nehmen ein Handtuch und decken den schwerst Betrunkenen zu. An der einen Schulter wenigstens, mehr symbolisch, als Geste, nett gemeint. Und dann gehen sie zurück in den Trubel in der Halle draußen.

Die Sexgespielin der frankokanadischen Pornoqueen tritt vor dem Klo nervös mit den Beinen auf den Boden und zwickt die Oberschenkel zusammen. Es quietscht schon fast.
»Hallo!«
Drin rührt sich aber nichts.
»Ich muss mal.«
Innen, im sogenannten Klo, wo sie sich –
»Karasek beklagte sich bei Freyermuth über Funke.«
»Ich dachte, wir wollten darüber nicht weiter reden.«
»Ich weiß, ich sag ja nur den einen Satz.«
»Ich will ihn gar nicht hören.«
»Ist doch schon erledigt. Reg dich ab.«

Geschichte der Steine. Bericht seines Bruders. Betrachtung, Gehör, im schizoiden Empfang: ein milde verstörtes, zartes Gesicht. Er gehe hinaus und gehe dahin, er halte inne und lausche. Und dann hört er sie reden, die Steine. Dann bleibt er stehen, dann hört er sich ein. Langsam versteht er ihr Geflüster. Und sie sagen: »Wir haben das Wir-sein doch überhaupt erst erfunden.« Sie flüstern, sie sind beieinander, sie werben dafür, dass wir sie verstehen. Sie reden auch über ihn. Er trinkt, er schaut Martin an und lächelt. Er lebt mehr bei denen als unter uns. Martin ist stehen geblieben und hat sich das angehört. Die Steine sind für den ein Bild der Nähe der Körper. Sie stehen nebeneinander an der Wand. Wahn: Ordnung im Kummer.

»Ja?«

»Alle? Echt?«

»Vorallem für ihn.«

»Apropos Show. Hast du gesehen neulich?«

»Natürlich. Und wie dann das Geld verteilt wurde.«

»Genial.«

»Die Party ist vorbei.« Sagt die Frau zu Martin und er:

»Ah ja, aha.«

»Das sagtest du schon.«

»Du auch.«

Er müsste ihr alles erklären. Er steht aber nur da und wartet darauf, dass sie die Party verlässt, wenn sie findet, sie wäre vorbei. Die Party ist vorbei. Die, die anfangs nicht dabei waren, kommen dazu, zu spät meistens, und stellen beleidigt fest, dass sie schon wieder was verpasst haben. Stellen fest: it's over. Ja, und? Wer will das hören? Martin dreht sich um und geht. Und auch dieser Abend war noch jung.

Im Vorbeigehen hat sich der Filmtyp von neulich an Martin gehängt. Er will seine Einschätzung und Ansichten ausführlich besprechen, ausgerechnet mit Martin, dem alles darlegen. Seine Ästhetik, sein Leben. Wo man eigentlich ganz schnell sagen könnte: ja, nein. Passt, passt nicht. Passt im Moment nicht so gut zusammen. Fertig.

»Es könnte auf jeden Fall schlechter sein.«

»Wie schlechter?«

»Wobei ich glaube, er wollte sie nur ganz leicht berühren.«

»Oder vielleicht noch nicht mal das, und er wollte sie nur bei sich, in seiner Nähe fühlen.«

»Sie sieht ja auch wirklich zauberhaft aus.«

»Zauberhaft, das klingt gleich so nuttig.«

»Meinte ich jetzt ganz ernst.«

»Aber darum gehts eben gar nicht, wie man es meint.«

»Wollen wir nochmal raus gehen, in den Garten?«

HASS ALS SYSTEM

»It can't be all caviar and diamonds.«

Seitlich auf einem Sofa, mitten im Trubel in einem der hinteren Zimmer, sitzt Tobias und liest. Er hält ein Buch in der Hand, auf dem in großen Buchstaben das Wort TERROR steht. Es geht da um Text. Er blättert. Und liest, es geht hier nochmal kurz um Gegenwart. Er hört den Satz:

»Ich lese und lese.«

Ein Typ macht am Verstärker rum, dreht lauter, wechselt die CD. Die Ebene, den Ausschnitt, die Perspektive. Vielleicht auch nur die Penetranz, mit der das kommt.

»Kannst du mal bisschen leiser machen?«

»Ist immer noch zu laut?«

»So ist es besser.«

»So?«

»Ist okay so.«

Tobias schaut auf. Da tanzen jetzt welche. Es sind zwei Pärchen, ein Mann und eine Frau jeweils, die sich gegenseitig halten und zu der Musik zusammen tanzen. Es ist ein langsamer Walzer, fast das Zitat einer Stimmung.

Tobias nimmt die Zeitschrift in die Hand, die auf dem kleinen Sofa-Tisch neben ihm liegt, als oberste, auf dem Packen von Zeitungen und Zeitschriften. Es ist die Allegra, sie bringen ein Interview mit dem neuen Tagesspiegel-Chef Giovanni di Lorenzo. Ein Jahr im Amt jetzt, wie läufts?

Er redet über das Verhältnis der Presse zur Realität. Der einzelne Tagestext hätte die Realität dieses extrem textvermittelten Verhältnisses zur Realität realistischer abzubilden als üblich. Andersherum gesagt: warum ist es so unüblich, zu sagen, woher man weiß, was man schreibt, anzugeben, wo man was her hat. Es geht hier also um die Funktion der Fiktion von Authentizität in Texten für die Presse. Es geht also um Sprache. Nichts, was mit Sprache zu tun hat, ist nicht interessant. Es ist nur eines nicht: ein richtiger Beruf. Und genau das sollten die Journalistenschulen lernen und dann lehren, dass jeder Mensch einen richtigen Beruf erlernen sollte.

Gegenargument gegen das Gesagte. Wie der eine Typ, zu dem Tobias hochschaut, weil er das Wort »Korruption« gehört hat, jetzt sinngemäß sagt: Korruption ist ja nicht irgendetwas irre Kaputtes, Fieses, Bösartiges. Sondern die menschliche Nähe zu konkreten Problemen konkreter naher Menschen. Kollegen, deren Texte man macht, weil man ihnen menschlich verpflichtet ist, weil man Dinge über ihr Leben weiß, die es schwierig machen zu sagen: nee, der Text ist Mist, den können wir nicht bringen. Nein, der wird dann gemacht, trotzdem. Und der mitteljunge Typ, der das sagt, schaut dabei freundlich und fast schon bisschen weise. Tobias lehnt sich zurück und liest weiter. Die Geschichte über die Ausgrabungen in Echnathon.

»Und die Echtnamen-Obsession?«

»Bitteschön.«

Draußen, frische Luft. Benjamin steht mit Katharina unten am See und sie reden. Andere Pärchen und Grüppchen sind auch da, im Halblicht. Man hört Lachen, Murmeln, und das Wasser. Katharina nickt ihm zu. Nein, es war nicht zu lange geredet von ihm, es war okay.

»Ist alles okay, Benny.«

»Echt?«

Plötzlich steht man also wieder nebeneinander und redet weiter, als hätte man vor fünf Minuten aufgehört. Und landet sofort wieder da, wo ein anderes Gesetz gilt. Wo das Gefühl der Nähe der Körper allem anderen den Boden entzieht, den Plänen und Vernünften. Wo man in die andere Existenzweise übergeht, Liebender zu sein durch die Geliebte. Sie schütteln die Köpfe und schauen gemeinsam hinaus über den See. Es ist eine sternklare Nacht. Sie lehnen aneinander und stehen so da.

DIE MÄCHTIGEN

»Ich trink
kein Pils mit dir, du Sau.«

»Familie?«

»Ja.«

»Wie meinst du das?«

»Ist doch egal.«

»Du, also du, du also auch?«

»Jetzt sei doch nicht gleich so überempfindlich.«

Rausch jetzt, Trunkenheit und harte Fetzen. Taumel, Spott. Gekreische und Gedröhn. Zigarrenrauch.

»Und wer die Macht hat, – «

»Wer denn?«

»Und wer die Macht hat, hat das Recht, und wer das Recht hat, hat die Macht.«

»Wo denn? Wie denn? Was denn? Nee, nee.«

»Kann man denn nicht mal einen Gedanken hier – «

Gelächter, Prositrufe. Herrlichkeit der Herren. Und in alle Ewigkeit. Villa, innen. Vorgerückte Stunde. Die Gesten sind jetzt großartig verschwebte Andeutungen großer Gesten, die hochfliegenden Pläne nur noch die naturgemäßen und so allerhöchsten, höchstfliegendsten Pläne.

»Was denn sonst?«

Und über den reichlich verrutschten Krawattenknoten, dem Sein der Dinge nur noch jetzt im Plural ihrer vielen und einander reichlich gleichen Ähnlichkeiten, hat jede einzelne Mimik für sich, ganz allein, alle Mühe, mit den Innenhirnzuständen halbwegs Schritt zu halten, losgelöst vom Wortversuch, der sich relativ dissoziiert von ihr ereignet, davon immer wieder, immer nochmal neu erstaunt. Was sagt er? Und immer wieder nochmal kommt da was, was Neues. Da, einer fällt.

»Hopla.«

»Bitte nehmen Sie es mir nicht übel.«

»Aber ich bitte Sie.«

»Sie wissen, ich habe Sie immer – «

»Weiß ich doch, weiß ich, und ich weiß es sehr zu schätzen.«

»Wir haben eine Quote erreicht«, sagt einer sehr laut in dem Moment im Nebenraum, »wir haben auf einem Niveau, da würden andere ihre früheren Gasrechnungen noch – «

»Wie sagen Sie?«

»Mit diesen Terminen und Geschichten möchte ich erstmal die sehen, die da unterhalb unserer Betriebsverfassungs-Geschichte ihr trübes Süppchen an unserem Feuer kochen und wärmen.«

»Ist unbestritten, es geht doch hier nicht – «

»Nein, nein. Aber wer soll denn dann bei diesen Figuren noch dranbleiben? Frage ich Sie.«

»Ist klar.«

»Oder wollen Sie das bestreiten? Die Figuren sind langweilig, die Geschichten dieser Produzenten sind stinklangweilig, da ist doch nichts dahinter.«

»Natürlich nicht.«

»Keine Inspiration, nichts, alles gekünstelt, keine Emotionen. Wo bleiben die denn, die Emotionen? Auf welcher Strecke?«

»Sicher.«

»Eben, also. Und ohne zu bezahlen, wem wir liefern? Aber wir liefern schon? Was reden Sie denn da? So nicht. Nicht mit uns. Nein.«

»Nee, tschuldigung. Ist ja völlig klar.«

»Ist okay, ist kein Thema.«

Sie stoßen an, sie trinken, sie schütten nach und stoßen wieder an. Man versichert sich wiederholt diverser gemeinsamer Feindschaften, bei allen Differenzen, die blieben, die letzten Feindschaften, die man noch hätte, müsse man schließlich pflegen. Die, die einem noch geblieben wären. Sie reden noch, sie schwanken.

Ein Taxifahrer steht im Raum.

»Taxi?«

Der Taxifahrer ruft mehrmals aus, dass er bestellt worden wäre, hierher, jetzt da ist, und wer ihn denn nun bräuchte oder bestellt hätte?

Niemand.

Ist klar. Der Taximann hält Ausschau nach eventuellem Personal. Es ist aber niemand zu sehen. Er geht einmal durch die Räume und kuckt sich um. Kaputte Szene. Dann steht er wieder im Vorraum, schaut die Treppe hoch, überlegt. Nickt und geht wieder.

Von oben kommt der Ruf: »Hallo! Hier!«

»Wir – «

Und der vorhin Hingefallene, wieder unten, im großen Saal, fährt fort, denn es geht ja immer noch um die Enthauptung des Johannes: »Man sieht die Szene nicht direkt aus der Sicht des Malers, sondern leicht versetzt, neben ihm stehend. Eben im Konjunktiv quasi.« Sie produzieren einen Film über Rogier van der Weyden. Sie reden über die Sprache der Bilder. Im Weißgedicht zum Beispiel, heißt es, sagt wer, käme, ausgehend vom Wissen der Weisheit, die zweihafte eiheit von heißen und weiten, von Weisen und Heiden vor als Beleg für die schizoide Gefährdung der jungen Frau, von deren Geschichte ganz am Anfang die Rede gewesen wäre, im Schlafsaal der Meisterwerke. Wo?

Sie reden über die Süddeutsche Zeitung, die unter dieser Überschrift einen großen Bericht über Leo Kirchs Schatzkammer für Filme bringt, ultraromantisch erzählt, alles angeblich echt. Es gäbe da dieses Lager, eine Zentrale in Unterföhring, nordöstlich von München, ein riesiges Archiv. Da würden diese Materialien also alle lagern. Ist das nicht genial? Ist das normal? Es wird jetzt auch über die Sprache der Worte geredet. Sie will aber noch nicht, bitte, bitte noch nicht.

Völlig ernst und relativ unbetrunken steht Tobias jetzt mit Martin in der offenen Türe zur Terrasse, und Martin ermutigt ihn, in traditionell klassischem Sinn Gas zu geben, und zwar jetzt. Es geht also doch auch ums Alter? Ja, natürlich, wieso denn partout nicht? Es ist doch ein Unterschied, ob man mit Ende zwanzig oder mit Ende dreißig den Mund zu voll nimmt, oder gar mit Mitte vierzig, mit irgendeiner großartigen Grundsätzlichkeit. Oder ob er das etwa anders sieht? Er hat es sich in der Art eigentlich noch nicht so richtig überlegt, ehrlich gesagt, sagt er. Und Martin nimmt seine Überlegung dann doch auch wieder zurück. Sie würde ja genau genommen selber unter ihr eigenes Verdikt fallen. Er schüttelt den Kopf, nicht wirklich froh. Es kommt ihm so vor, als wären ihm solche Situationen früher besser gelungen oder wenigstens leichter gefallen. Er ist nicht sehr einverstanden mit der Entwicklung seines Denkens, seines Lebens. Und Tobias schaut ihn nachsichtig an, als würde er sagen wollen: nicht so grimmig schauen, nicht so streng. Er bräuchte gar nicht so böse zu sein auf alles.

Da kommt Katharina vom Garten her, mit Benjamin, und über die leere Terrasse spazieren die beiden auf die Türe zu.

»Na?«

»Wir reden über die Sonnenfinsternis.«

»O je.«

»Nein, gar nicht.«

»Aha.«

»Es wird ganz toll.«

»Echt?«

»Ja, man darf sich von der Hysterie nicht abhalten lassen, man muss nur wirklich in die Zone der Totalität fahren. Und dann aneinander denken. Wenn es soweit ist.«

»Ihr seid ja richtig betrunken.«
»Quatsch.«
Von drinnen ruft Ramona: »Schatzi, ich muss dringend Pipi.«
Benjamin: »Ich will heim.«
Katharina: »Ich auch.«

Abschied, Aufbruch. Es bleiben auch noch welche da. Das Licht am Kiesweg leuchtet hell. Die Blumen nicken, und ein Wind geht übers Gras.

4
krise

4
Krise

»Manche Zeiten sind vorbei,
andere sind gekommen.«

Ich stand am Telefon und redete mit Christian: »Ich schaffe es nicht«, sagte ich, »es ist asozial, ich weiß, es hilft aber nichts. Es wird nichts, es geht nicht. Ich kriege es einfach nicht hin.« Es war so. Ich konnte den Termin nicht halten, den wir vereinbart hatten, ich musste absagen.

Draußen regnete es.

Die Tropfen explodierten am Fensterbrett.

SEELENMOMENTE

Ich erklärte ihm die Lage, sie war simpel genug. Sie kam mir selber zwar eher verworren vor, aber darum ging es jetzt im Moment nicht.

Kann ich liefern?

Das war die Frage, die interessiert.

Nein, ich kann nicht liefern.

Das war die Antwort, das war die Lage. Nicht angenehm. Christian sagte nichts.

Einen Moment lang war es still.

Und der Regen draußen krachte mit einem hellen, fiesen MG-Garben-Gekrache auf den metallenen Resonanzkörper direkt vor dem Fenster, irgendein Fehler am Bau des Hauses. Peng, peng.

Er sagte nicht absichtlich nichts, um mich zu quälen. Ich hatte nur zu schnell geredet, zu heftig, zu lange. Und, wie mir das jetzt bewusst wurde, das erklärende Stakkato sofort abgebrochen, auch wieder zu abrupt. Außerdem war es ein Ferngespräch, Christian war am anderen Ende der Welt am Apparat, irgendwo in Fernost, und obwohl seine Stimme ganz nahe klang, dauerte es eine doch deutlich merkbare Zeit, bis das Gesagte in

Singapur oder Thailand angekommen war bei ihm, und seine Antwort dann bei mir. Ich bräuchte mich nicht zu entschuldigen, sagt er, es wäre alles okay.

Versehentlich kam sofort ein nächstes »Entschuldigung« hervor, für das ich mich fast gleich nochmal entschuldigt hätte, und an der Art, wie ich mich aufs Hin und Her des Redens konzentrieren musste und dauernd merkte, wie es nicht gelingt, machte sich eine absurde Traurigkeit fest, gegen die ich mich im selben Moment zur Wehr zu setzen versuchte.

Ich hatte zu lange zu wenig geredet. Und dieses Gespräch, von dem ich mir offenbar eine Klärung erhofft hatte, konfrontierte mich sofort doch nur mit mir selber. Mitten am Tag stand ich in einem hellblauen Altmänner-Schlafanzug am Telefon, mitten im Wust meiner Papiere, um wieder einmal irgendwo mitzuteilen, und noch nicht einmal dazu in geordneter, vernünftiger Weise fähig, dass ich einen vereinbarten Termin nicht einhalten kann. In Panik pendelte verkrampft der Oberkörper vor und zurück, nickte der Kopf, mit geschlossenen Augen, kamen aus dem Mund letzte Reste von Gestammel.

Endlich war das Gespräch vorbei, und ich legte auf, stand da, verglüht, erledigt. Das Geschrei, das ich höre, muss von innen kommen.

Wir hatten im Herbst auf der Buchmesse einen guten Abend zusammen verbracht, einen, genau genommen, sensationell guten Abend, den wollte ich als Ausgangspunkt nehmen für meine Geschichte, die ich für Christians Anthologie Mesopotamia schreiben wollte.

Der Plan war einfach, ich dachte, ich schreibe das in zwei Tagen hin. Ich wollte nur diesen einen Abend erzählen, und hatte an dem Tag im November, als ich die Einladung zu Mesopotamia bekam, sofort paar Seiten rausgegast, das ging wie von selber, in die Richtung, in die der Text gehen sollte. KOKAIN. So wollte ich die Geschichte nennen. Es sollten überhaupt keine Drogen in ihr vorkommen, im Gegenteil.

Es sollte um ein ganz alltägliches Grundmoment der Erfahrung gehen, nämlich um die Art, wie die Wahrnehmung von Sinnesdaten und Gedanken, vor den Worten, im Bewusstsein abläuft. Ich hatte immer das Gefühl, das wäre noch nicht genügend treffend dargestellt, im Text. Und ich dachte, man könnte durch das Titelwort die Aufmerksamkeit auf Zustände des Geistes richten, denn auch davon handelt das Erleben unter Einfluss von Substanzen, von der Dissoziation sonst ins Unmerkliche zurück-koordinierter Einzelmomente im Inneren des Denkens. Zugleich würde man eine Bereitschaft zu Ruhe und Aufschub erhandeln. Man würde sich den Wirrheiten und Kompliziertheitsatomen des Textes erst mal aussetzen, im Vertrauen auf das Vertraute dieser Dinge, die sich vielleicht doch ganz einfach darstellen lassen würden.

Ich wollte versuchen, das war der Plan für die Geschichte, das geistige Ineinander von drei distinkten Momenten zu beschreiben, die als sehr kurze Vorgänge vorkommen, als Ereignisse nur passieren, die deshalb nicht anzuhalten, und deshalb auch nicht leicht zu erfassen sind: die Bilder einmal vom Geschehen außen, wie die Augen es verstehen; die isolierte Vorstellung zugleich von einzelnen Gedanken, die einen meist fast unbeobachtet durchwandeln; und die Nacherzählung der von diesen ersten beiden Vorgängen deutlich getrennten, meist sogar relativ weit entfernten Geschichte der Worte, die im Fortlauf des Bewusstseins auch fast dauernd da ist, oft zu anderen Dingen als zu den gleichzeitig sich ereignenden Bildern und Gedanken, aber oft natürlich auch direkt dazu.

Eine alte Geschichte, ich weiß, ein uraltes Projekt auch von mir selber. Aber diese Momente, dachte ich, würde man jetzt einfach passieren lassen, im Text, auf normale und möglichst alltägliche Weise. Ich hatte mir das machbar vorgestellt, einen Realismus abstrakterer Art, der seine eigene Plausibilität für sich haben würde. Wo man beim Lesen sagen würde, ja, stimmt, so fühlt sich das manchmal an, in einem, im Denken.

So schön das klingt, jedenfalls für mich, so einleuchtend eine solche pragmatisch-ideale Real-Poetologie des transzendentalen Bewusstseins für eine kleine acht-Seiten-Geschichte auch sein könnte, sie bringt einen doch sofort in seltsame Gesellschaft, in die Nähe richtiger Literatur. Dorthin, wo die Sätze sagen: wir sind ein strenges Programm. Wir stellen uns blöd. Wir registrieren hier nur, was wahrzunehmen ist. Und jedes Detail, jede extra detached protokollierte Beobachtung und der gesamte Gestus des staunenden Blicks weisen dabei dauernd auf sich selbst als entschieden beabsichtigt und dadurch auch legitimiert hin. Ist ja Literatur. Das sind falsche Vorstellungen, das muss noch nicht mal bewiesen werden. Aber ob es auch anders ginge, das müsste experimentell geklärt werden. Dazu müsste man den Beweis schon selber antreten. Und komischerweise glaubte ich plötzlich, ich könnte das, hatte ich das geglaubt, im Winter, und deshalb Christian zugesagt, für Mesopotamia.

Von Anfang an hatte ich erwähnt, dass ich davor eine andere Sache zu Ende bringen müsste: Dekonspiratione. Die Taggeschichte, das Gegenbuch zu Rave. Da hätte ich einen Termin, das wäre wichtig. Da wäre aber alles schon vorbereitet, da hätte ich schon jede Menge Notizen gemacht, das stünde mir klar vor Augen, es ging da nur noch darum, das eben kurz hinzuschreiben.

Christian fragte nicht genauer nach. Wahrscheinlich kennt er aus eigener Erfahrung die nicht nur unvernünftigen Schweigegebote, die das Schreiben manchmal schützend um sich herum aufstellt. Vielleicht hatte ich auch schon zu viel erzählt. Die Vereinbarung jedenfalls war gewesen, dass ich nach Dekonspiratione dann die Mesopotamia-Geschichte schreiben würde. Und ich war guter Dinge, ich dachte, ich kriege das hin.

Rückblickend muss ich sagen: wie kommt man dazu, solche Ansagen zu machen? Solche Aussagen über diese Art Arbeit? Über geplante, noch nicht geschriebene Texte? So etwas zu denken? War denn nicht das Gegenteil die alte, geradezu lächerlich banale Erfahrung? Dass es eben genau nicht so läuft, normalerweise, wie man denkt, mit dem Schreiben? Was war los? Hatte ich das vergessen? Dachte ich etwa wirklich: ich kann es jetzt? Ich hätte es endlich gelernt?

Aber die Schwierigkeiten kamen auch direkt aus der Sache selber, aus dem Inneren der Thematik von Dekonspiratione. Ich wollte die Geschichte EINER JUNGEN FRAU schreiben, der im Kopf die Dinge durcheinander gekommen sind. Ich wollte eine möglichst ruhige Rekonstruktion dieses Denkens machen, das mit der aus der Psychiatrie nur zu bekannten, im konkreten Nahfall dann aber doch immer wieder neu unfassbaren, und für alle egal wie wissenden Beteiligten absolut erschütternden Unbeirrbarkeit seinen Weg genommen hatte. Diesen sozusagen fast normalen Weg, vom Denken philosophischer Gedanken in die Philosophie hinein, von dort auf deren Grund, von politisch engagierten Ideen zur Paranoia, von der Literatur zur Sprache, von den Zusammenhängen zum Beziehungswahn, und von der von alledem mitverursachten, kreatürlichen Angst vor sich selber in eine existenzverzehrende innere Unruhe hinein, in die Panik, in Flucht, in irre Bewegungen, wirr, gesteuert, getrieben, und von da, letztlich wahrscheinlich unabsichtlich, aber dennoch direkt hinein in den Tod.

Sie hatte ihre Magisterarbeit über Wittgenstein geschrieben und war dabei, fast muss man sagen naheliegenderweise, verrückt geworden. Mein Ausgangspunkt war die Frage nach der gesellschaftlichen Position der Wahrheit. Marginalität und Asozialität: welches Wissen wird da prozessiert, wo die Mächtigen nicht mehr hinkommen?

DIE MÄCHTIGEN. Geplant war eine Trilogie von Stücken, die auf den Machtwechsel im Herbst 98 antworten wollte. Die Welt hatte sich fundamental verändert, in Deutschland, alle Koordinaten hier waren neu und anders angeordnet, und beim Versuch, mitzukommen, zu verstehen, was los ist, die neue Lage wahrzunehmen wenigstens, stellte ich immer wieder fest: der Boden ist weg. Ich verstehe kein Wort. Umso heftiger fühlte ich mich von Affekten erfasst, gebeutelt, in Orgien und Tiraden von Hass und Abscheu zurückgestoßen, dorthin, wo Wut ist und nichts als Todeswunsch, wo jedes Gesicht, das man sieht, nur der Schrei ist: sei ruhig.

Ich kenne nur eine Gegenwehr gegen diese Mächte der Macht, der Finsternis, der Sehnsucht, nicht geboren zu sein und nicht auf dieser Welt, nicht jetzt, der Flucht von dort weg, aber wohin? – und die ist: anhalten. Sich umdrehen. Und sich fragen: gut, wenn es so ist, wie es ist, warum verstehe ich es nicht?

Ursprünglich hatte Dekonspiratione ein kleines, helles Büchlein werden sollen, wo ich die in den obersten Etagen der Presselandschaft handelnden Figuren, fiktiv natürlich, als Nazis auftreten lassen wollte, nicht als Nationalsozialisten oder Faschisten, wo in den Konferenzen und auf den sprichwörtlichen Fluren die bekannten Intrigen, in den Köpfen der Bosse die noch viel bekannteren Bossgedanken hätten spielen sollen, ein heiterer Reigen der Idiotie, den jeder kennt. Wo jeder dabei ist, an seiner Stelle, wo jeder mitmacht, automatisch, wenn er nicht gar nichts macht. Die vielen realen Schreiberleben, die ich kannte und selber geführt hatte, sollten in Dekonspiratione zusammenkommen, geordnet von der Spannung des Plots der beiden gegenläufigen Handlungsstränge: Arbeit und Liebe.

Doch diese Geschichte war ein Opfer der neuen Zeit und der in mir von ihr verursachten Verwirrung geworden. Ich versuchte, die Vorstellung zu bekämpfen, die mich wie ein Zwangsgedanke verfolgt, dass nicht ich, sondern die Zeit der Autor meiner Sachen ist. Aus der Beobachtung anderer weiß ich, wie viele andere mögliche Ausgangspunkte für Produktion es gibt. Vielleicht sind sie auch mir zugänglich? Aber für das Experiment in einer produktionstechnisch so grundlegenden Frage war der Herbst 98 der denkbar schlechteste Moment.

Das eigene Verhältnis zur Macht hatte sich durch den politischen Machtwechsel also verändert. Aber wie denn?

Die Alten, die da oben, die jetzt angekommen waren, im Austrag der letzten Jahre, um ihr Lebenswerk kurz hinzustellen: das waren nicht mehr die Eltern, das waren die 68er, die, nur wenig älteren, älteren Brüder. Und einem selber war damit ein Nachrücken nach vorn zugewiesen, nach außen, an den kreativen Rand, wo jetzt, im Moment, die nächsten paar Jahre lang, das Neue sich ereignen würde, in Vorbereitung auf den Realisierungs-Austrag, in den es seinerseits im nächsten Moment schon hinüberkippen würde. Mitte des Lebens.

Darauf war ich überhaupt nicht vorbereitet. An solche Sachen hatte ich noch nie gedacht. Ich glaube nicht an Generationen und die Ordnung der Jahre, die bestimmt, wann was dran ist. Aber plötzlich fühlte ich mich doch von einem solchen Generationen-Moment erfasst und niedergeworfen. Ein neues Ja war plötzlich gefragt, so direkt und grundsätzlich, kam mir vor, wie noch nie. Und alles in mir schrie nur: Nein. Ich war auch schlicht zu feige, um jetzt zuzugreifen. Ich wollte nicht, ich konnte nicht. Ich wollte schlafen. Den Rest des Lebens nur noch schlafen.

Schlingensiefs Berliner Republik war das Theaterereignis des Augenblicks. Er hatte aus der versammelten Wirrheit des Moments die gegenteilige Konsequenz einer heroisch-manischen Offensive gezogen, hatte seinen Auszug aus dem Theater hinaus auf die Straßen der Realpolitik umgekehrt, um diese Politik wieder zurück auf die Bühne zu bringen, in einer Weise wirklich, dass dort alles ineinander zusammenbrach. Ende, aus, grandios.

Nach der Premiere standen wir im Keller der Volksbühne, der Schreiber der taz, der Kulturchef des Spiegel, der neue amtliche Theaterkritiker der Süddeutschen Zeitung, der Polit-Künstler der Gegenwart, der junge Mann für Sonderaufgaben beim Tagesspiegel, der verantwortliche Dramaturg und eine schöne junge Frau, verzeihung – und ich wusste dauernd, das ist mein Buch über das Schreiben, das ich hier erlebe, das sich hier abspielt, und ich bin selber mitten drin, ich bin zu nahe dran. Ich kann es nicht schreiben. Ich werde es nicht schreiben können. Was also nun? Was tun?

Dann kam der Krieg.

Nein, man kommt nicht mit bei dem, was aktuell passiert. Deswegen haben die, die die Langsamkeit entdecken und die Wiederholung preisen, die von Mythen und fernen Geschichten erzählen, auf unwiderlegbare Weise gerade die Weisheit der Gegenwartserfahrung auf ihrer Seite, die immer neu eines sagt: bitte nicht. Bitte schau mich nicht so direkt an.

Wenn der Tod politisch wird, wenn Menschen deshalb sterben, weil irgendwo ein Befehl erteilt wurde, der Befehl zum Angriff, von einem konkreten einzelnen Menschen, der die Verantwortung nicht alleine trägt, von einem Politiker, aus Gründen jenseits seiner freien Wahl, der Befehl zum Einsatz von Gewalt, gegeben von einer Allianz von Staaten, gezwungen von den Konstellationen der internationalen Macht, wenn der Befehl zum Einsatz von Waffen, von Mitteln zur Zerstörung von Bauten und Maschinen und zur Tötung lebender Menschen erteilt wird, von einem Militär, der nur befiehlt, was die Politik von ihm verlangt, verändert sich die Welt.

Es ist ein Tag wie jeder andere.

Gegenwart heißt auch: das gibt es nur einmal, im letzten Moment, wenn es kein Jenseits davon, kein und so weiter mehr gibt.

Als der Krieg 1999 anfing, wollte man es nicht glauben. Man wollte nicht, dass noch einmal in diesem Jahrhundert etwas so heißt und dass wir, das Kollektiv, zu dem man als Bewohner eines Landes dazugehört, da dabei sein würden, dass wir da mitmachen würden, als Angreifer. Es war aber so. Und es war nicht so, dass man für sich als einzelnen eine Position der Beobachtung der Geschehnisse dieses Krieges außerhalb derart beanspruchen hätte können, dass man in eben dem Moment, als es passierte, auch sagen hätte können, was denn sonst bitte vernünftigerweise zu passieren hätte. Ich fühlte mich zurückgeworfen auf den Punkt der endgültigen Infantilität: bitte nicht hauen. Nicht kaputt machen. Aufhören. Bitte nicht tot machen.

Es war der falsche Zeitpunkt, um in dieser Verfassung, auf der Flucht vor der Macht, auf der Suche nach dem Punkt der Asozialität, hinunterzusteigen in die Letzt-Absurditäten einer verwirrten Seele. Welcher Vernunft man gehorcht, wenn man verrückt wird, sich vor Augen zu führen ausgerechnet jetzt, war keine gute Idee. Es war ein Fehler, der Paranoia entgegenzugehen, zu glauben, man könnte das, in diesem Augenblick. Und erfüllte, schon aus der Sicht der Irren gesprochen quasi, natürlich zugleich nur die Logik der Zeit selbst.

Als würde Europa in die Barbarei, ja, echt, als würde Deutschland an den Anfang dieses Jahrhunderts noch einmal zurück gehen müssen, zur Warnung etwa? Zur Erinnerung? Es war ein immer komplizierter Vorgang der Herstellung historisch ferner, ganz anderer Umstände gewesen, sich die politische und intellektuelle Lage zu Beginn des Weltkriegs, der da noch nicht der erste war, weil es einen zweiten noch nicht gab, vorzustellen, um zu verstehen, mit welcher Begeisterung, mit welcher kollektiven Selbstvernichtungsgier die Welt sich 1914 kollektiv hineingestürzt hatte, und Deutschland bekanntlich ganz vorne dran, in den Anfang dieses gegenseitigen Mordens, in das Töten, in das Jahrhundert des Krieges. Wie? Da war man jetzt wieder?

Die totale Emotion. Das war es, was aus dem Fernseher kam. Praktisch ununterbrochen, den ganzen Tag, auf allen Kanälen, eine Hetze, vor der es kein Entkommen gab. Die Texte zum Krieg, die anderntags in den Zeitungen erschienen, dokumentierten eben dies: die Unentrinnbarkeit der vom Fernsehen aufgepeitschten Gefühle, die davon erzeugte Radikalität der Blickeinschränkung, die Unmöglichkeit innerhalb der emotionalisierten Verhältnisse einen Moment des Aufschubs, des Innehaltens, des Anhaltens zu erfassen. Halt. Es passierte aber zu viel, viel zu schnell. Und die Lust, mit der die Leidenden und Flüchtenden gezeigt wurden, vom Fernsehen, mit der das Argument der sogenannten BILDER vorgetragen wurde, immer im Wissen um die Intensität der davon erzeugten Drastik, immer auf der Suche nach einem noch mehr an möglicher Emotions-Aufpeitschung. Die Gier, mit der das betrieben wurde, mit der das Wort »Bodentruppen« ausgesprochen wurde, immer wieder, von den Sprecherinnen der Nachrichten, als wäre noch nicht genug los, als müsste noch nachgegossen werden, als könnte man den letzten Kick dieser Geschichte vielleicht doch noch herbeireden, man fragt ja nur. Es war die Hölle. Die Hölle der totalen Emotion.

Dort war man jetzt also angekommen. Es waren nicht die fern vergangenen Schreckens-Geschichten vom Anfang dieses Jahrhunderts, es war nicht der Totalitarismus im Bann einer Diktatur, nicht der totale Krieg, es war nur die reine, absolute und totale, die unentrinnbare Gegenwart, die Fratze der Totalität des Jetzts der freien Welt. Ganz normale echte lebende Menschen behaupteten, der Nato-Krieg gegen die Bewohner im Land des anders denkenden Gewaltherrschers, der als der Böse verstehbar gemacht worden war, muss so solange geführt werden, bis der sich beugt, bis der so denkt wie wir. Falsch. Genauso falsch fand ich die Gegen-Position, die sich den Propagandasatz des serbischen Terrors zu eigen machte: niemand weiß, was im Kosovo passiert, denn es kommt niemand da hinein. Es kamen aber Überlebende von dort heraus, die von den dort planmäßig begangenen Morden berichteten. Der Kanzler hielt im deutschen Bundestag eine Rede, die als Magna Charta des absoluten Schwachsinns der politischen Zweck-Mittel-Begründung einen Ehrenplatz neben jeder beliebigen Kriegshetze-Rede von Hitler bekommt. Der Krieg wird geführt, so ging das Argument, weil wir ihn führen müssen, im Interesse unserer höheren Ziele. Andererseits war genau das Parlament der Ort, wo von einem der Älteren, von Eppler nämlich, die politische Konsequenz ins Verhältnis zur Schuld gesetzt wurde, die sie dem einzelnen zuweist, der sich hier entscheiden muss, tragisch. Und ohne leuchten zu können wie andere, die als Sieger der höheren Moral des Friedens redeten, stimmte Eppler dem Krieg dann zu. Dabei nicht so demonstrativ zerknautscht und zerknirscht wie der Außenminister und die anderen Jungen, die den Krieg, den sie selber noch nicht aktiv schuldhaft miterlebt hatten, sofort beim Schopfe packten, als auch sie endlich einen führen konnten. Am Ende des Jahrhunderts der Kriege zeigte die Geschichte auf eine im Nachhinein noch relativ harmlose und doch erschreckende, erschütternde Weise, dass auch das weitergeht, wie alles andere auch, dass Krieg geführt wird, von jeder Generation neu. Dass die, die es nicht selber erlebt haben, immer wieder bereit sein werden, im Namen irgendwelcher Gründe und Begründungen zu sagen: wir müssen den Mord leider begehen. Jetzt schlage ich dich tot, Bruder. Jetzt.

Was ist das? Gedanken im strengen Sinn sind das ja

nicht. Man machte also unter den Bedingungen einer freiwillig sich gleichschaltenden Medientotalität – freiwillig heißt: der Zensureffekt entstand von selber, ohne Befehl, nur aus dem Diktat der Massen von Ereignissen, von Daten, aus der dadurch dauernd neu gegebenen Unüberblickbarkeit der Lage, der die Medien sich ausgesetzt sahen, der sie reflexhaft gehorchten, unterworfen also nur sich selbst, dem eigenen Selbstverständnis – auch selber keine klar isolierbaren Beobachtungen mehr, sondern fühlte sich gestoßen, wie behämmert und belämmert durch gefühlsmäßig sich schnell wandelnde Enge-Räume von Intuitionen, Affekten, Wirrheiten und stellte mit Ekel vor dieser Reaktionsweise fest, dass man den Ausweg zu einem Außerhalb von ihr nicht finden konnte. Knast. Und die letzte Restwahrnehmung, immer wieder, war: Abscheu, Selbstverachtung, Ekel vor der ganzen Welt.

Andere sahen das anders. Viele analytische, oder eher quasi-analytische Texte verwendeten das aus der Stimmungsmaschinerie des Fernsehens kommende Emotionsmaterial wie ein richtiges Weltwissen, brauchbar als Ausgangspunkt für ihre Darlegungen, warum die Sache so und so zu sehen wäre. Dabei war jedes sogenannte Bild das Gegenteil der Information, die offensichtlich fehlte, nicht nur einem selber, sondern allgemein. Der Balkan: worum gehts da eigentlich? Man hat keine Ahnung. Viele derer, die darüber schreiben, offenbar auch nicht. Grundlegendes Wissen ist nicht da. Die Kompliziertheit der Lage, die eindeutig besteht, wird von der Berichterstattung nicht erreicht, das Defizit wird registriert, erwähnt, ignoriert. Im gemessenen Abstand von zwei bis drei Wochen wurden die medieninternen Fragen auf den hinteren Seiten der Zeitungen beantwortet, erwogen, diskutiert, während gleichzeitig weiter vorn die Diktatur der allerneuesten Reflexe auf die allerneueste Gefühlslage ungebrochen direkt und exzessiv sich austobte. Was folgte aus alledem? Dass man nicht mehr wusste, was man dachte. Dass man nicht mehr denken konnte.

Umso konzentrierter versuchte ich zu arbeiten. Ich kam nicht gut weiter. Ich probierte die Strategien, die man in der freien, nicht erzwingbaren Arbeit immer neu durchzuwechseln und anzuwenden versucht. Es sind nicht so sehr viele. Und sie haben alle ein aggressiv autolytisches Moment in sich eingebaut: dass sie schon einmal funktioniert haben, macht es eher unwahrscheinlich, dass sie bei einem nächsten Mal wieder funktionieren. Trotzdem, man muss es probieren. Mal locker lassen und kucken, ob sich vielleicht doch etwas löst, von selber. Dann wieder ganz konsequent und stur jeden Tag sich hinsetzen und aufschreiben, was man denkt. Auch wenn es sich um kompletten Unsinn handelt. Was einen natürlich zusätzlich deprimiert. Es ist aber auch schon passiert, dass nach Tagen, ja, nach Wochen einer solchen Praxis von dumpfer, deprimierender Konsequenz plötzlich durch irgendetwas der berühmte Knoten doch aufgeht, und man sitzt da, erst noch ganz skeptisch, kann es kaum glauben, es ist aber so, es läuft. Darauf hoffte ich. Das passierte aber nicht.

Die Enttäuschungsresistenz gegenüber den inneren Widerständen muss hoch sein. Das gehört zur Grundausstattung. Man muss eine eher verwunderte Haltung gegenüber der Autonomie dieses sich Ereignenden oder eben Verweigernden, nicht Ergebenden der produktiven Prozesse haben. Sonst wird man mit dieser Art Arbeit nicht froh. Trotzdem, irgenwann, wenn es sehr lange dauert, dass nichts gelingt, wird es schwierig, dann wird es eng. Wenn die Zweifel und Selbstzweifel, die als tägliche abendliche Ungewissheit dazugehören, weil sie der Produktion von der grundsätzlich anderen Seite der körperlichen Erschöpfung her neue Fragen zuführen können, keinen Gegenhalt in einem egal wie mickrigen, aber doch wenigstens klitzekleinen Gelingen finden, dann bleibt nicht mehr viel übrig, von einem, von dem Leben, das man führt als freier Schreiber.

Auch der Wirt als Wirt ist eine lächerliche Figur, der Nachtlebenmensch genauso, und der Schreiber natürlich auch. Der Unterschied ist nur, dass das Existenzgefühl beim Schreiber zugleich die Arbeitsgrundlage ist. Wie man sich fühlt, wie man drauf ist, das ist das Betriebskapital, die Produktionsanlage, das zu verarbeitende Rohmaterial, die zur Herstellung notwendige Energie und was nicht noch alles in einem, zuletzt natürlich auch noch das Produkt. Wenn man also durch allzu langes Scheitern und nicht weiter Kommen nur noch Lächerlichkeit und Absurdität in sich wahrnimmt, Sinnlosigkeit und Selbstabscheu, verfehltes Leben und Todeswunsch geworden ist, dann wird es auch gefährlich. Denn dieses Existenzgefühl kennt kein Außerhalb seiner selbst. Es ist reine Gegenwart. Dass es je anders war, nützt nichts. Das hilft nichts. Das ist ein Gedanke, eine Erinnerung an irgendwann, von irgendwem, das ist nicht dieses Ich, im jetzt-Knast seiner Gegenwart.

So gingen die Wochen hin.

Und die Wochen wurden Monate.

Erschreckend zusätzlich, das Jahr. Das Gefühl einer überdichten Zeitballung entstand. 1999. Die meiste Zeit merkte ich es gar nicht, aber dann plötzlich doch, Erinnerungen, überall. Die Bundesrepublik. 1989. Goethe. Der Zweite Weltkrieg. Adorno. Hiroshima. Woodstock. Und überall ganz groß und dauernd: DAS JAHRTAUSEND. In welchen Zeiten leben wir eigentlich?

Durch den Krieg und seine Resonanz bei den Intellektuellen, auch bei einem selber, waren die letzten Reste von Überheblichkeit weg gegenüber den Früheren. Dass die in ihren Gegenwarten hingerissen waren von ihrer Zeit, so schuldig geworden waren. Wenn Geschichte geschieht, sind irgendwo irgendwelche die Gejagten, die Schwachen, die von Mord und Vertreibung Gefährdeten, die Getöteten. Ernst Jünger, der sich die Hände damit wirklich schmutzig gemacht hat, uns Nachgeborene wissen zu lassen, was der Erste Weltkrieg war, hat auch den Zweiten Weltkrieg beschrieben aus seiner Sicht, als einen Krieg ohne Tote, ohne Schlacht. Hinter der Front zieht er her, enttäuscht, dass man ihn nicht nach vorn befiehlt. Dorthin sehnt er sich zurück, nach seiner Jugend, nach dem Wiedererleben von Feuer, Stahl und Blut. Nichts Schreckliches passiert jetzt, aber die Ruhe der Sicht des reifen Mannes, der sich da reiten sieht, ist schrecklich. Auch das hat er einfach aufgeschrieben.

Was man wissen kann, aber nicht wirklich fühlt, in Jüngers Gärten und Straßen, während seines Vormarschs auf Paris, ist die Flucht, die dieser Vormarsch der deutschen Truppen auf der anderen Seite Frankreichs verursacht. Julien Green hat genau das aufgeschrieben, in seinem Buch ENDE EINER WELT hat er den Bericht dieser Flucht geschrieben. Auch hier gibt es keine Toten. Aber man spürt, was der nachträglichen Sicht schwer zugänglich ist, die Hoffnung, dass es nicht so schlimm kommt wie befürchtet. Die Unfähigkeit, sich das Drohende auch wirklich als nicht nur möglich, sondern im nächsten Moment definitiv wirklich geworden vorzustellen, als das, was geschehen sein wird. Man kann das Schreckliche nicht glauben, bis zum Schluss.

Dass die Deutschen in Paris einmarschieren. Julien Green zeigt Tage und Wochen der Angst. Lähmung bei allen, Unentschlossenheit. Schließlich fliehen sie doch. Das Buch ist irritierend frei von allem politischen Gestikulieren. Es geht ihm nicht darum. Es ist nur die Darstellung dieses Geschehens in Frankreich, im Juni 1940. Es ist ein Buch über den Krieg ohne jeden Appell, ein Buch über Deutschland, über den Schrecken, den Deutschland über Europa gebracht hat, noch bevor die Morde alle geschehen waren. Und wenn man nie richtig verstanden hat, warum Walter Benjamin sich dort auf der Flucht das Leben genommen hat, Julien Greens Ende einer Welt lässt es einen verstehen. Es ist eine Geschichte aus der Mitte des Jahrhunderts. Warum ist nicht einer aufgestanden, der man selber doch hätte sein können, um dieses Buch vorzulesen? Weil es das nicht gibt, dass aus der Distanz der vorletzten Reihe einer in den Verhau der Gegenwart brüllt: ich weiß was. Und dann, wenn man es richtigerweise nicht getan hat, ist sofort im Nachhinein der Vorwurf da, auch wieder richtig dass es falsch war, dass man es nicht getan hat.

STRICK

Paar Wochen später.
Was gibts Neues?
Nichts. Nicht viel. Gar nichts.

Dann war Ostern. Ob man vielleicht einen Waffenstillstand kriegen könnte? Und es wurde nur gesagt: nein, wir bombardieren weiter. Eure Nato.

Ich war jetzt mit der Arbeit auf den Grund aufgelaufen, wo eindeutig klar ist: schlecht. Endstation. Das wird auch nichts mehr. Wo es nur noch darum geht, wie kommt man hier wieder raus? Aus Angst vor falschen Informationen hatte ich mein Telefon und das Fax ausgestellt. Ich hatte Sarah, Max und Benjamin angerufen. Ein kleiner Rückzug wäre nötig, es hätten sich paar Dinge angehäuft, ich würde mich wieder melden. Ab einem Punkt hat man nur noch die Aufgabe, in der Umgebung den Eindruck zu erwecken, man würde ein normales Leben führen.

Ich versuchte, mich darauf zu konzentrieren, was ich kann. Ich stand auf, setzte mich hin und führte meine Notizen fort. Das Murren der Stimmen, die lauter wurden, die Ruhe wollten, wollte ich nicht hören. Je verfehlter der Tag, desto länger kann er dauern. Ich saß da und schrieb. Und wusste im selben Moment: das sind alles falsche Sätze. Am nächsten Morgen hatte ich Angst davor. Ungelesen legte ich die Papiere weg, nahm neue und fing wieder von vorne an, jeden Morgen neu. Thema, Idee, Aufgabenstellung. An welcher Stelle ich mich verhakte, wollte ich im Nachhinein nicht wissen. Ich dachte, irgendwann passiert das Wunder. Und jeden Abend musste ich feststellen, nein, ganz im Gegenteil, die Schlinge zieht sich immer weiter zu.

Vielleicht muss ich schlafen. Ich habe meine Kräfte überschätzt. Ich habe mich verlaufen. Ich träumte. Wenn ich aufwachte, hatte ich Angst. Die Panik wurde mehr. Die bekannte Sehnsucht, dass das alles aufhört, meldete: es reicht. Langsamer fallen? Schneller? Und dann? Am Schluss war ich so weit, dass ich sagte: ja, ich kann nicht mehr. Ich nehme die Kapitulation an. Was muss ich machen? Die Diagnose, die sich aufdrängt, kann gestellt werden, von mir aus. Ich möchte sie nur nicht auch noch selber aussprechen müssen, danke. Ich rechnete zurück und stellte fest, dass der perverse Zustand seit einem Jahr besteht. Ein knappes Jahr, wo man sich nur mit Disziplin mühsam über Wasser hält. Aber der Wirt, wiederholte ich, ohne den Satz zu beenden. Ich lag einfach da.

Der, der dann irgendwann aufstand, der Kranke, der Irre, der Idiot: ich. Es wird behauptet, jeder würde es selber so haben wollen, alles, es insgeheim sich so gewünscht haben, wie es ihm dann passiert. So ein Denken ist Dreck. Daran glaube ich nicht.

DISKRETE DISTANZEN

Was schließlich also massenhaft da war: beschriebene Papiere. Skizze, Argument, Theorie, die Position der Präzision. Ich versuchte, einzelne Aspekte zu isolieren, das Paranoia-Porträt wieder zurückzudrängen, zur Liebesgeschichte statt dessen zurückzukehren und die zum Ausgangspunkt zu nehmen. Und stellte dabei fest, wie weit und wie grundsätzlich es fehlt. Das Denken ist das Problem meines Erzählens, dachte ich, und natürlich das fehlende Leben. Vielleicht muss ich doch damit anfangen. Vielleicht ist es falsch, dass ich das bekämpfe.

Und lese weiter, lese: Es gilt das gesprochene Wort. Da erinnerte ich mich, wie wir darüber geredet hatten, auf der Königinnen-Party, über die BZ. Vielleicht ist es auch gar nicht so sehr ein moralisch-menschliches Problem. Und Wagners Boulevard-Konzept könnte man deshalb letztlich, Ende des Gesprächs, als unhöflich bezeichnen, Direktheit am falschen Platz. Oder, weil Wagner diese Zusammenhänge, obwohl er sich für so schlau hält, offenbar nicht versteht, auch einfach als dumm.

Der Satz von der Geltung des gesprochenen Worts stand im Spiegel, in der Hausmitteilung. Die Geschichte innen drin, Planet Bertelsmann, war von Jan Fleischhauer, die Fotos von B. Bostelmann. Und da steht er: Schön groß und immer noch donnergewaltig, der abgemeierte Ex-Boss mit Fernrohr, Aufsichtsratschef Wössner, auf der falschen Seite des Ufers angekommen, in der Verbannung, im Rentner-KZ. Ein durch und durch ganzer Kerl, auf der Höhe seines Lebens, der sich fast noch wie Ende vierzig fühlt, Bäume ausreißen könnte, aber man lässt ihn nicht mehr, man hat ihn aufs Altenteil abgeschoben.

Jetzt kuckt er mit dem Fernrohr seinem Nachfolger, dem Visionär des Kommenden, Vorstandschef Middelhoff, dem er sein Weniger an Leben am meisten neidet, eifersüchtig auf den Schreibtisch, ob der da auch seine Papiere in Ordnung hält. Bei einer dieser Fernrohrsessions kommt er dahinter, dass dort drüben einiges passiert, was – für uns auf jeden Fall herrliche Szenen für den Film gibt, sagte der Alte und trat ans Fenster. Denn der Atlantiker war müde, müde und allein. IN HIGH PLACES.

Die Journalistin hatte geläutet. Der Dichter macht die Türe auf. Freundlich begrüßt er sie, bittet sie herein und bietet ihr etwas zu trinken an. Vielen Dank. Er bittet sie in sein Wohn-Zimmer und weist auf einen Sessel. Sie setzt sich hin, und dann beginnt das Gespräch. Frau Doris Knecht ist zu Besuch, die Wohnung liegt in Berlin, sie gehört Sten Nadolny, und die Erzählung von diesem Besuch erscheint im Nachrichtenmagazin Profil.

Frage: Homestory, Fluch oder Segen?

Frage: Muss man das machen?

Frage: Aber wieso machen die das alle?

Man könnte auch sagen, es hängt von der Art von

Literatur ab, die man schreibt. Je erzählerischer die Werke, desto größer das Bedürfnis der Autoren, man möge sie persönlich kennen. Und der andere Autor, der AUTHENTOIDE, kann all das auch direkt selber in seine Bücher hineinschreiben. »Darf ich Sie eben noch runter bringen, zur Türe?« – »Gerne, danke, tschüs.«

Man hat hochfliegende Pläne, für den heutigen Arbeitstag. Erst den anrufen, dann den, dann den dritten. Kurz lesen, einen Witz empfinden, ein Wort notieren. Zwischenruf: Gedanke ans Gesicht der einen Frau. Welcher Frau genau? Das Telefon wimmert. Die Zukunft ruft. Ungebeten und unangemeldet kommt ein Bekannter in die Redaktion, den man höflicherweise empfängt. Kurz zusammen eine rauchen. Der gestrige Alkohol, heute morgen, ein eigener kleiner Roman, jeden Tag neu. Jetzt schnell konzentrieren, möglichst ernst werden, nee, halt, Glosse, witzig schreiben. Was war nochmal das Thema? Richtig, Bücher über Redaktionen, über Schreiber in Kulturinstitutionen, über Goetheinstitute, fünfzig Jahre Todestag von Richard Strauss. Leg doch mal ne Platte auf. Au ja, gute Idee. THE REAL WORLD läuft. Alle letzten Zeilen immer streichen, das muss klar sein. So vielleicht? Noch leichter?

Dass man sich den Roman über die Medienwelt also auch dauernd selber zusammenlesen kann, direkt aus den Medien selber heraus. Dass die versammelten SZ-Artikel von Hans Leyendecker über Redaktionen, Institutionen, Häuser, Blätter, Sender, Terroristen und Parteien die Sache ihres Gegenstandes auch deshalb so faszinierend darstellen, weil sie so viel verschweigen: Ultrapräzision, die zu Auslassungen zwingt; Loyalitäten; juristische Gründe. Da kommt kein Fabulieren hin, keine Fiktion. Die Darstellung der Wirklichkeit im Text läuft über Andeutungen, über das Nichtsagen.

Der erzählerische Zugriff dieses Münchner Stils, den die SZ entwickelt hat, ist strukturell antiautoritär, antidröhnermäßig. Lieber mehr wissen und weniger schreiben als umgekehrt. Man könnte auch von einem Zersetzungsprogramm sprechen, im Interesse des Diskurses. Das Programm aktiviert sich automatisch überall da, wo Texte in ihrer Gestik auf außerdiskursive Legitimationsquellen verweisen, auf Macht meistens. Eine halbe Drehung, eine Wiederholung des gedröhnt Gesagten, fertig, reicht schon. Ist ja in sich meist schon lächerlich genug. Das FAZ-Mag in der taz ist auch ein Ort der intellektuellen Wohltat dieser Art. Oder, ganz anders gesehen, gleicher Effekt, der Ernst der kleinen Tagebuch-Blätter von Jakob Augstein. »Komm, Vati, Presse warn wir nie gewesen.«

Auch die Beschimpfung öffentlicher Figuren hat in diesem Kontext Vernunft und Würde und ihr Recht. Beschimpfung bündelt Themen, Positionen, Äußerungen und Gesichter, Sichtbares und Gemeintes, Gemeinheit und Wahrheit zu ultraknapp verballten Klarheiten. Beschimpfung ist als Gesichtgedicht gedacht und so zu verstehen. Der Ort der Überprüfbarkeit, blitzschnell, eine Leuchtrakete, die signalisiert, wo der Text steht, der sich durch Beschimpfung immer auch selber lächerlich macht. Wo andere beschimpft werden, ist, Textgesetz, Selbstbeschimpfung eingeschlossen. Beschimpfung ist absurd und sollte von der eher sportiven Seite her gesehen werden. Sollte nicht gesellschaftlich pompös, sondern geistig erregt verstanden werden. Beschimpfung ist also insgesamt in der Welt der Worte als ein Ereignis des Erfreulichen zu begrüßen.

Die Sprache. Sie weiß nicht alles. Aber sie weiß auf ihre Art noch etwas anderes als der, der in ihr spricht. Man lässt sie deshalb auch passieren, kuckt zu, ist einverstanden, sehr oft nicht. Sie geht in einem vor. Man steht ihr gegenüber, nicht nur dienend, man benützt und beherrscht sie ja auch. Man bewundert sie. Ein Schreiber, der die Sprache nicht bewundert, ist nicht wirklich vorstellbar. Sie bewundern heißt: versuchen, sie zu verstehen. Dieser Versuch geht praktisch vor sich, dauernd, im Gebrauch der täglichen Verwendung. Und verstehensformentsprechend blitzartig ereignen sich unerwartete Momente des Aufleuchtens einer Einsicht in irgendein sprachgegebenes Faktum. Je länger das geht, dass man diese Momente erlebt, desto banaler und erstaunlicher werden die sich so ergebenden Einsichten. Irgendetwas wird einem klar und man denkt: daran habe ich noch nie gedacht.

Die Kunst. Wie also sollen die Debatten geführt werden? Genau so, wie es sich ergibt und realerweise geschieht. Ohne jedes fixe Sollen. Das findet jedenfalls die Kunst. Denn die Gesamtheit des Diskurses realisiert zu jedem Zeitpunkt neu eine kunstwerkanaloge Problemkonstellation: neue Fragen, keine Lösung. Diese Realität und der in ihr sich gesellschaftlich ereignende Prozess führen so der Kunst auf der Lebendseite des Diskursiven vor, was Kunst in ihrer Welt auch prozessiert, einen gigantischen Ratlosigkeits-Komplex, von dessen Überwindung, Umgehung, Beseitigung der kunstwerkproduzierende Vorgang handelt und am Ende im fertigen Ding noch bebt und lebt.

Es geschah.
  Danach –
  Beim Abschied –

Zuletzt –

Der Gehirnkitzeltraum.

Neue Sprache also, neues Geld. Und neue Zeiten. Die Rede vom geistigen Zustand, von Freundschaft und Gespräch. Er kam auf mich zu, von fern schon erkannte ich seinen Gang.

Zuletzt hatte die Erzählung ihren Weg doch gefunden. Sie wollte, das war mir neu, nicht alles wissen über sich selbst, wollte nicht jeden Gedanken tragen müssen, der mir über sie kam. Dabei wuchsen die Packen der seitlich abgewehrten Reflexionen. Später, dachte ich, im vierten Kapitel, das kommt alles später. Dann war ich da. Und wieder: es kam mir auch jetzt nicht so vor, als gehörte das alles wirklich hierher. Die Namen, die Listen, das Werten und Urteilen. Der Wahn der Allgegenwart aller nur möglichen Dinge und die grundsätzliche Letztüberschätzung der Schrift. Ratlos schaute ich auf die Papiere, die ich selbst beschrieben hatte. Es würde wahrscheinlich seinen Sinn gehabt haben, irgendwann. Jetzt noch nicht. Die Stimmung hatte gewechselt, ich war dankbar und traurig. Und ich dachte: Vielleicht werde ich diese Seiten einmal zählen. Für Esther und Albert und Maya. Poesie ist: ein Gedanke.

11. AUGUST 1999

Am Tag der Sonnenfinsternis stand ich abends an der Marienbrücke, ans Geländer gelehnt, zum Lesen. Hinten im Westen, wo der Donaukanal herkommt, öffnet sich an der Stelle die Stadt auf eine besonders mild geschwungene Hügelkette hin, und darüber leuchtete der abendliche Himmel. Melodische Stimmung. Vom Schwedenplatz kommen die Leute in Pärchen und

Grüppchen, es gibt da eine berühmte Eisdiele, und an den Sommerabenden wird die Liebe wahr, und man schlendert dahin, ein Eis in der Hand, bespricht sich mit dem nahen Menschen, an dessen Seite man geht, vielleicht sogar für viele Jahre. Wenn es Mitte August wird, werden die Tage langsam wieder kürzer, die Abende kommen früher, und man denkt plötzlich daran, dass der Sommer, der eben erst angefangen hatte, im Mai, sich jetzt schon zu neigen beginnt, dass es bald heißen wird, Abschied zu nehmen vom Gipfel des Jahres. Ich schaute ins Buch, schaute hinüber nach Leopoldstadt, wo ein dramatisch ruinöser Betonrohbau frisch und nackt in die Höhe ragt, ein werdendes Hochhaus, zwischen die anderen Bürobauten wird es da hineingebaut, am Ufer, schaute den Vorbeikommenden ins Gesicht, wie sie mich anschauten, und schwingend gingen die Gedanken.

Zuvor hatte ich das Wolkendrama über der Innenstadt vom Stubentor aus gesehen, zarteste Farben, gewaltige Formen, niedrig und drohend nahe, machtvoll auf einen zu sich bewegende Körper, undurchsichtig, riesig. Wenn man noch nie Wolken gesehen hätte, wenn der Himmel immer leer wäre, und plötzlich würde es Wolken geben, das würde man wahrscheinlich als ähnlich erschütternd und ungeheuerlich empfinden wie die Sonnenfinsternis. Die Geschwindigkeit, die Heftigkeit der Dunkelheit plötzlich, das Erdschauspiel der ringsum leuchtenden Horizonte, rechts unten glitzerten die Lichter des Industriegebiets von Unterwart. Schon vorbei, der absolute Hammer. Danach, zuhause, im Fernsehen, wie die Berichte kamen, AUS ALLER WELT, stand ich aufgewühlt und mit Tränen in den Augen nocheinmal da, um es nochmal zu sehen, um von den vielen anderen zu hören, die es auch erlebt hatten, wie sie es gesehen hatten, das

Atemanhalten, das über die Erde hin gerast war heute, die Sekundennacht.

Und wie es wohl kommt, dass alles, was Wolken, Himmel, Sonne und Gestirne betrifft, einen so berührt. Es hat durch die Getrenntheit von allem Erdgeschehen eine besonders intensive Wirkung auf die Seele. Vielleicht auch, weil die sich auch abgetrennt fühlt vom körperlichen Erdensein, daher zwar rührend, aber immer nur daran stoßend, die Grenze ihres Ursprungs kann sie nicht erreichen. Sie ist ja nicht Leben, sondern Intention, Seele gedacht als Totalität des Intentionalen, als besonderere Art von normalem Bewusstsein, sich selbst zu sehen. Dessen immanente Transzendenz, das Wissen des Bewusstseins, dass da noch etwas anderes ist, außer ihm, die Elektrizität nämlich, rein material gedacht, die Ionenströme in den Zellen im Gehirn, deren Leben konkret, das Erregungsmuster, die Blitze und das Flackern, die dauernden Gewitter, die auch den Innenglobus jedes Hirns wie die eine echte Welt umzittern, all das, was für die Seele Erde ist, der Körper, dem sie sich verdankt und den sie nur erahnen kann, in ihrem Unruhigsein vom Grunde her, wird im Blick auf Wolken, Winde, auf ein Flugzeug, einen Vogel, der pfeilgerade durch die Lüfte saust, zur Kontaktaufnahme mit dem real Außerirdischen veranlasst, das die Seele dann vertraut bewegt, berührt, beruhigt, bejaht. Man schaut da hinaus und sieht eine Weite, der in einem, fühlt man, etwas entspricht. Und während ich das dachte, wurde es langsam dunkel.

Dann ging ich heim.

Ich nahm einen kleinen Umweg, saß vor dem Zanoni und Zanoni, war weiter am Lesen, war müde und erledigt, durchlässig und matt. Ich saß auf einer Steinbank am Stephansplatz, die noch warm war vom vergangenen Tag, schaute den tanzenden Jungs vor dem Aida zu, lehnte an einer Lampe beim Haas-Haus, schlenderte den Graben entlang, den Kohlmarkt, schaute richtung Michaelerplatz und kehrte wieder um. Ah, dieser Sommer, ein Sommer in Wien.

Vertrauen
Von Niklas Luhmann

5
De Dekonspiratione

»Das letzte Bild wird von Schmetterlingen gestürmt.«

Endlich. Wir sitzen endlich im Taxi und fahren uptown. Uptown, uptown, raus aus Mitte. Wir machen mit unseren Armen die Uptown-Bewegung, eine schwuchtelig angedeutete Dance-Routine, die Max sich für unseren Top-of-the-Pops-Auftritt ausgedacht hatte, und wenn vier ultrahübsche Nonnen, ein Pope of Technolectro-Pop und ein suizidaler Mönch mit Luhmanns bibelschwarzer Gesellschaft der Gesellschaft vor der Brust und in der Hand zum Beat der WestBam-Nummer Beatbox-Rocker diese Uptown-uptown-Bewegung machen und sonst, während der Pope beim Tanzen langsam durchdreht, praktisch nichts, hat man in dem Kontext ein für alle Beteiligten vergnügliches Statement der Schönheit abgegeben. Nicht um nichts anderes, aber darum doch wohl auch sollte es ja, zwischendurch jedenfalls, immer wieder mal gehen.

Der Fun will allerdings hart erarbeitet sein. Vielleicht ist das unser Fehler. Es ist aber das nun mal gegebene Naturell, das nimmt man zunächst hin, als Datum, um dann zu kucken, was daraus folgen könnte. Die Videofreaks in der grotesken Schnittklitsche, aus der wir gerade geflohen sind, würden das, bekifft und verblödet, blöd gekifft und eh schon stumpf von Anfang an, wie sie nun mal sind, ihrem Naturell gemäß natürlich alles komplett anders sehen, das ist genau das Problem, dass man mit solchen Leuten dann nur schlecht an der gemeinsamen Herstellung eines kleinen Videos zusammenarbeiten kann. Man müsste dauernd bei Adam und Eva anfangen. Was natürlich Unsinn wäre, geht ja gar nicht, bringt auch nichts.

Es geht um das Video zur word 5, wo noch nicht endgültig entschieden ist, ob wir den Titel WERK OHNE OPUSZAHL lassen, oder nicht doch lieber wieder zum ursprünglichen Titel zurückkehren, der uns beim Produzieren so gute Laune gemacht hatte: GABBER GABE. Man muss den Ironiefaktor tastmäßig genau im Bezug zum musikalisch signalisierten Ernst der dann in der Durchführung wiederum natürlich widerlegten Idee ausbalancieren. Letztlich geschieht das im Traum, das heißt, man lebt für eine Zeit mit dieser Frage, in ihr, aus immer wieder anderen Umständen und Kontexten heraus schaut sie bisschen anders aus und zurück, und plötzlich ist es einem völlig klar: so – oder so. Muss so sein. Ist ja klar.

Die Kiffer hatten den Tag über angeblich irgendwelche technisch aufwendigen Arbeiten am Roh-Material gemacht und uns für vier Uhr zu einem zweistündigen Endschnitt-Vor-Termin bestellt. Als wir kamen, machte der eine Typ die Türe auf, schaute selig, grinste blöd, und ich dachte nur: bitte nicht. Ging rein, und es war genau so, genau der Geruch. Haschisch. Max nahms gelassen, das sah ich im Augenwinkel, und versuchte, diesen mir sofort einleuchtenden Blickwinkel selber auch einzunehmen. Ich war nervös, mittelkaputt, hektisch, und dabei eigentlich relativ gut aufgelegt. Aber ich hatte zu Hause einige Sachen liegen lassen müssen, mitten am Tag. Das nervt. Ein solcher Termin ruiniert mir im Zweifelsfall den ganzen sogenannten Arbeitstag, von Anfang an, weil ich dauernd daran denken muss, dass das Geplante, woran ich gerade sitze, bis um viertel nach drei fertig sein muss. Druck macht mich fertig, unter Druck kriege ich nichts hin. Max hat zu diesen Dingen der alltäglichen, produktionspraktischen Paranoia eine vernünftig pragmatische, selbstironische Haltung. Jeder Wahn ist wahr, jede Hysterie berechtigt, und trotzdem ist all das komplett lächerlich.

Der Taxifahrer hört Turkpop, ein älterer dicker dunkler Typ, ganz sympathisch. Leider hat er sich scheinbar verfahren. Er fragt nochmal nach der Adresse, und ich krame meinen Zettel wieder aus der Hosentasche. Moschepalais, wo steht jetzt da die Straße? Wir fahren zu einer Lesung, Durs Grünbein liest Gedichte. Ich meinte zu Max, »das muss ich mir ankucken, das interessiert mich«, und zu meinem Erstaunen sagte er, »da komme ich mit.« Ein Moment der Scham durchzuckte mich, dann fand ichs herrlich. Während die bekifften Idioten in der Videoklitsche ihre Materialarbeiten erledigen würden, würden wir die Zeit nutzen und bei einer echten Dichterlesung weitere Informationen zum Problem: Auftritt vor Publikum, womit und warum, ansaugen und uns dabei köstlich amüsieren. Der Taxifahrer spricht zwar das astreinste Berlinerisch, aber im Job scheint er neu zu sein. Er checkt die Lage überhaupt nicht. Im Schreiton, weil die Musik so laut ist, wird verhandelt und beraten. Wie ich merke, wie ich schon wieder da sitze, voll in Panik, weil ich denke, wir kommen zu spät, lehne ich mich traurig zurück, sofort erleichtert, fasziniert davon, wie Max die Situation abwickelt. Und draußen ist es fast schon richtig dunkel.

Baustellen, immer noch, die Lichter. Diese Freude, es muss sich um irgendwas aus frühester Zeit handeln, anders kann ich mir das nicht erklären. Mehr, denke ich sofort. Das Bunte, Flackrige, Ungeordnete, das Stadtgefühl, dieser unfassbare Datenoverflow. Wir stehen jetzt am Straßenrand. Der Typ hat die Musik leiser gemacht, studiert den Plan. Max lässt es geschehen. Auf dem Tape, das läuft, aber vielleicht ist das auch das Radio, kommt Ricky Martin. Ja, Living La Vida Loca. Wie er in dem Video tanzt. Dass Männer sich überhaupt so bewegen dürfen, dass das nicht verboten ist. Was er mit dem Oberkörper macht, mit den Beinen, mit dem Elvis-Presley-Mikrophon, wie er sich insgesamt und überhaupt von Kopf bis Fuß bewegt. Wir reden über das

Sample, an das ich für die word 6 gedacht habe, »Welcome to New York City«, das ist so abgetönt gesagt, in der Nummer, das kommt so dramatisch zurückgenommen. Vielleicht kann man das irgendwie brauchen, den Vibe dieser Blechstimme.

Ich erzähle Max von meinem 70er-Jahre-New-York, in dem ich durch Bob Collacellos Holy Terror die letzten Wochen verbracht habe. Die Perspektive der Erzählung ist so krank gestört. Der Typ stellt Andy Warhol so schlecht wie möglich dar, und am Schluss erscheint der als die hochkompliziert gemixte Persönlichkeit, die er eben war, und Bob Collacello ist der widerliche creep. Er hat Andy Warhol erst bewundert, dann war er von ihm enttäuscht, dann hat er ihn verachtet und schließlich verrät er ihn. Er plant ein Enthüllungsbuch, noch zu Lebzeiten von Andy Warhol. Später hat er es genau in dieser klassisch fiesen, künstlerisch höchst ergiebigen Kammerdienerperspektive geschrieben. Und als Leser ist man fasziniert und angewidert.

Dann fahren wir weiter, und die Straßen werden enger. Das ist komisch. Der Taxifahrer sagt, er weiß jetzt, wie es geht. »Super«, sage ich, »wir sind nämlich schon bisschen in Eile.«

Es ist sechs vor acht, Freitag, der 19.9.1999.

Wir reden über Heiner Müller. Da hinten sieht man ein DDR-Hochhaus, das erinnert mich an seine Wohnung, er wohnte doch ganz oben in einem solchen DDR-Hochhaus, in einer dieser privilegierten Innenstadt-Hochhaussiedlungen, und kuckte vom Balkon runter auf die Werktätigen. Dabei machte er grimmig jüngersche Selbstbeobachtungen an seinen eigenen asozialen Gedanken, die von diesem Blick, von dieser Perspektive auf die Menschen da unten, die er da als Ameisen über die Wiese kriechen sah, ausgelöst wurden.

Das war der Ausgangspunkt für hier. Wie es irgendwann hieß: IM Heiner. Erst war ich sehr schockiert. Warum hat er es, wie es immer so schön heißt, VERSCHWIEGEN? Helge Malchow hatte mir, nicht lange davor, von der gemeinsamen Arbeit an der Autobiographie die schönsten Heiner-Müller-Anekdoten erzählt. Das stand mir so vor Augen, die Würde dieser hochkomplizierten Künstlerbiographie. Und wie sie dieses Leben jetzt gemeinsam, im Nebel von Rauch und geistigen Substanzen, gesprächsweise nocheinmal aufleben ließen, fürs Tonband, endlich auch im Text befreit vom Terror der eigenen Sprachhermetik. Die hatte ihre unwiderleglich richtige theatrale Funktion gehabt, mit den Jahren aber sich gegen ihren Ort und Schöpfer gewendet und gestellt. Und da hatte er nichts davon erzählt, von dieser wirklich tiefschwarzen Seite der DDR-Geschichte.

Sein Reflex war genau der aller anderen, er sagte genau dasselbe, wie alle, die mitgemacht hatten: ich habe keinem geschadet. Ich hatte das immer für den allerhohlsten Spruch gehalten, und erst, als Heiner Müller ihn auch brachte, konnte ich mir darunter irgendetwas vorstellen. Man muss ja sehen: alles vom Westen aus gesehen, aus der Sicht der Ahnungslosigkeit, des Nichteinblicks in die Realzustände. Irgendein verblödeter, asozialer West-Journalist, Name, Sender, alles vergessen, die klassische TV-Journalisten-Sau, hat Heiner Müller dann – ich sehe ihn da lustigerweise in einem Taxi sitzen, ich weiß gar nicht, ob die Erinnerung stimmt – zum Reden gebracht. Er hat sich dem irgendwie erklärt, auf seine Art. Dadurch hat man eine Ahnung gekriegt für seine Sicht des Problems. Und der West-Journalist, die Sau, hat dann seinen superpolemisch verblödeten Beitrag drumrum gestrickt.

Neulich habe ich es wieder bei Hubert Fichte gelesen,

in Hamburg Hauptbahnhof Register, in den Todesarten, wo es heißt, da war das gerade passiert, 1982, der Tod von Uwe Johnson: Jetzt Uwe Johnson. Die BZ fotografierte. Tillmann Jens brach ein und stahl die Briefe von Raddatz. Er wurde vom Stern entlassen. Und arbeitet seither bekanntlich beim Kultur-Fernsehen, der Sohn des – aber ach. Es hängt aber an all diesen Geschichten –

Der Wagen hält. Die nächste Ampel. Rot. Blick auf die Uhr, Blick aus dem Fenster, Auffliegendes, dunkel vor hell, Vögel. Ein ziemlich riesiger Schwarm, massenhaft einzelne Punkte, gemeinsam in großer Bewegung, nach links oben geht es hoch, dann wieder runter, ganz flach ziehen sie da dahin und weg, weit schweifend, und wie man selber den Kopf dreht und hinterher kuckt, schon vorbei und fort. Und weiter gehts. Grün.

Ja: die politisch-künstlerische Bedingung jeder kreativen Existenz in diesem sogenannten Land, Verzeihung. Die hängt daran. Und deshalb war das von Westseite her gesehen, Anfang der 90er Jahre, wovon diese ganze Unternehmung hier, heute morgen, ausgegangen ist, eine so aufwühlende Frage: was hat Heiner Müller dazu gebracht, auch mitzumachen bei der Staatssicherheit? Und warum konnte auch er von sich aus nicht damit ankommen und es erklären? Weil die realen Verstrickungen zu kompliziert waren? Weil es keinen Generalzugriff gibt, im Rückblick, auf die Jahre des Lebens? Auf die situativ immer feinstpulverisiert gegebene Sozialrealität? Weil das Agieren des einzelnen sich einer bilanzierenden Summe, des Handelnden selbst speziell, eben deshalb verweigert?

Realität als Grauwert, Schuld, Verfahren, Bemühen, Moral. Aber ordentliche Zertifikate für Güte und Richtigkeit, für Nicht-so-Böses und den einen Augenblick von vielleicht alles entscheidendem Takt auch nur, mehr nicht: werden eben genau nicht ausgestellt und nicht vergeben. Dieses ganze Gewurle des Lebens. Eine Banalität, klar. Aber in einem konkreten einzelnen Fall diesen Aspekt wirklich zu erwägen ist nicht banal: wie die Schuld im Einzelnen passiert, gesellschaftlich alltäglich und praktisch fast nur in mikroskopischer Dimension. Von keinem einen, klaren Wort erreichbar, keine gerade Geschichte, und deshalb schließlich auch nicht so zu erzählen. Dazu Zigarre, Whiskey, und wegwischend stotternd, der Räusperhusten. Prost Heiner Müller, vielen Dank für die Hilfe.

Und dann die Überlegung: dass es, wenn es also nicht an der Schuld des Verrats gelegen hätte, in einem jeweils einzelnen Fall, vielleicht um was viel Grundlegenderes gegangen wäre, nämlich um Vertrauen. Dass die DDR möglicherweise wirklich daran eingegangen ist, dadurch in sich zusammengefallen ist, am Schluss so völlig haltlos, dass sie auf Nicht-Vertrauen gegründet war, anstatt, schwieriger, aber stabiler, auf das Risko-Konzept Vertrauen. Und was das dann alles heißen würde, für die gegenwärtigen Verhältnisse und ihr Verständnis, was man daraus lernen könnte eventuell, wenn man, geführt von dieser Frage, auf einzelne heutige gesellschaftliche Vorgänge kuckt.

Zum Beispiel in der Welt der Medien. Wenn man genau diese Konstellation da ansiedeln und durchspielen würde. Wie der dauernde tägliche kleine Verrat, IN HIGH PLACES, Misstrauen, Lüge, Intrige und Schrift; gezielte Zersetzung, Menschenzerstörung; Protokolle und Observation; wie ein ganzes System der Jetzt-Welt, die Medientotalität nämlich, diese grundlegende DDR-Kaputtheit heute wiederholt. Kann der Film sowas vielleicht besser zeigen? Oder ist der ganze Ansatz Unsinn?

Und es wird wieder einmal heißen müssen, wie ich es in meiner mündlichen Doktorprüfung zum Reaktionszeit-Paradigma damals, nachdem ich den Ansatz und die Zielsetzung der experimentellen Arbeit erklärt hatte, im Chirurgie-Hörsaal der Münchner Ludwig-Maximilians-Universät, an der Nußbaumstraße, neben dem älteren Bruder sitzend, wortwörtlich genau so gesagt hatte: »Die Nullhypothese wurde getestet und hat sich als falsch erwiesen.« Der Satz hatte sich damals, in der Situation der mündlichen Prüfung, als besonders passend erwiesen. Es gab daraufhin nämlich keine einzige weitere Rückfrage.

»Ich habe mich geirrt, Max«, sage ich, ob er mich versteht? Der Ansatz war von Anfang an falsch. Zumindest der Zentralansatz. Ist das nicht pervers? Oder ist es herrlich? Eine Superidee, bloß leider Unsinn. »Gescheitert!«, ruft Max begeistert, »also gescheitert.« Dann wird gemeinsam laut gelacht.

RHYTHMUS

Endlich angekommen. Das hat ja auch gedauert. Wir steigen aus und zahlen, »ich mach das schon«, meint Max. Und dann stehen wir da, im Abendlicht, und suchen dieses komische Palais. Wieviel Uhr? Schon nach acht, Mist. Wo ist denn das? Verdammt.

Eine einsame Tanne, ein Polizist, eine Treppe ins Nichts: was geht denn hier ab? Baustelle also, tolle Fassade, noch zerschossen vom Krieg. Ich dachte, die Stadt wird so langsam fertig. Falsch. Sie wird schon, aber sicher nicht fertig. Ich taste nach dem Zettel, rasender Schreck: mein Notizbuch! Fuck! Ich fahre herum, der Taxler wendet gerade, ich laufe zurück, winke, schreie, pfeife. Hört der natürlich nicht, mit seiner Musik. Zieht ganz langsam los, der Wagen, und ich renne und winke und hoffe – ja, er hat mich gesehen, scheinbar doch, er bremst, hält, da bin ich schon an seinem Fenster.

»Na, junger Mann, hamse was vergessen?«

»Ä, ä«, stammel, stotter, schnaufen, zeigen. »Ich«, da dreht er sich schon um, da liegts, am Rücksitz, das arme kleine Ding, allein und verlassen, schwarzblau und weiß. Er streckt sich, nimmt es vor, schaut drauf, und nickt: »Brunnen«, sagt er, und ich wiederhole, »Brunnen, ja genau.« Er hat die Ruhe in sich und schlägt das Büchlein auf, ohne böse Absicht, blättert und kuckt. Reagiert auf die Handschrift.

»Und das schreiben Sie dann da alles rein?«

»Ja, genau.«

»Was schreibense denn da alles rein?«

»Na alles, wie Sie eben sagten.«

»Wie? Wie ich eben sagte?«

Er schmunzelt und nickt, und ironisch, abschätzig, erheitert und höflich gibt er mir das Ding aus seinem Taxifenster raus.

»Da hamse ja nochmal Glück gehabt, was?«

»Stimmt, da haben Sie Recht, vielen Dank.«

Schluss der Begegnung, ein Augenkontakt. Und in mir entsteht ein Dankeschön ins Nirgendwo des Ganzen des Woher meiner Geschicke.

Ich drehe mich um. Da steht Max, hinten an der Kreuzung, und ich sehe ihn das Eckhaus anschauen. Dabei fährt er sich über den rasierten Kopf. Und durch das wiedergefundene Notizbüchlein innerlich aufgewühlt und agitiert, denke ich jetzt was extrem Herzliches die Kompliziertheit seines Geistes betreffend. Im Anfahren hupt der Taxifahrer nochmal, ich winke zurück, Max schaut her, und ich laufe zu ihm hin.

»Wo ist denn das jetzt?«

»Ich glaube, hier.«

Ein portalartiges Tor, wir gehen mal rein. Wir gehen

durch, das schaut richtig fett aus. Wann denn etwa hat man so gebaut? Es wirkt schon relativ neu. Anfang des Jahrhunderts? Wieso weiß ich sowas nicht? Zementsäcke liegen rechts am Boden an der Wand. Planken, Sand, paar große Steine. Am Ende des Durchgangs wird es licht, eine zweite Vorhalle beginnt, und da ist, gläsern, metallen, heutig, der Eingang, mit Zettel, Din A 4 und kopiert. »Durs Grünbein liest neue Gedichte.« Endlich, sehr gut, hat auch noch nicht angefangen.

Hier also, aha. Lange war ich nicht mehr bei einer solchen Lesung. Da stehen vor uns im Halbkreis die Stühle aufgereiht, der Raum hat etwas Kapellenartiges. Die Menschen sind sehr leise. Der Ernst der Stimmung, in den man in dem Moment eintritt, in dem man diesen Raum betritt, wirkt sofort bedrückend. Max schaut mich an und nickt, und wir deuten auf eine der hinteren Reihen, die vielleicht genau die richtige sein könnte, für uns. Die Leute, wie sie schauen, die Gesichter sind sympathisch. Trotzdem: totales Höllegefühl. Noch schlimmer ist es nur bei den Poetry-Slams, da kommt zur Idiotie des Prätentiösen die Illusion, dass ein Bier in der Hand genügen würde, um alle grundsätzlichen Fragen zwischen Schrift und Rede mit einem Schluck aus der Welt zu schaffen. Und obendrein sind 90 Prozent der da vorgelesenen Texte bodenlos bieder. Durs Grünbein kann wenigstens dichten.

Die Professorin, die die Begrüßungsansprache hält, hat, wie man es von vielen mittleren Deppen her kennt, kein Gefühl dafür, wieviel von ihr, wieviel von ihrer Sicht der Dinge, der Welt, der Dichtung hier jetzt gefragt ist. Eher wenig natürlich, spürt jeder. Die Null nicht. Definitiv nicht gefragt ist eine schlechte, lange Rede von ihr. Die hält sie aber, von sich voll überzeugt, voll eingenommen von dem feuilletonistischen Geschwätz, das in allen Kritiken schon rauf und runter gebetet wurde. Nach zehn Minuten wirds geil. Weil es so irr wird, so offensichtlich, weil die Unruhe im Raum wächst und sie überhaupt nichts merkt. Sie trägt einen großen roten Schal, dramatisch um die Schultern geworfen, knallroten Lippenstift, ein tiefdunkelgraues Kostüm, und die Idee soll wohl sein: wir müssen uns nicht verstecken. Auch wenn wir mit sehr wenig Hirn auskommen müssen. Im Gesicht: die schon zu vielen Jahre, der Alkohol, die versammelte Blödheit des ganzen Lebens dieser dummen Frau. So ein Mensch redet und redet über die Dichtung. Durs Grünbein sitzt in der ersten Reihe links vorne, sie schaut ihn manchmal an, und er leidet. Und zwar richtig. Dafür müsste es fünftausend Mark extra geben, dass man sich dem aussetzen muss, in Anwesenheit, dass man sich einen derartigen Dreck, natürlich nur des Lobes voll, um die Ohren hauen lassen muss. Unglaublich. Wie hält der das aus? Einen Moment lang ist fast eine Art Skandal im Raum. Jederzeit könnte es sein, dass Durs Grünbein, der heute wirklich ausschaut wie der junge Enzensberger, in der schwarzweißen Zeit der 60er-Jahre, dunkler Rollkragenpulli aus weichem Stoff, dunkle Hose, hell, blass und sehr wach das Gesicht, okay, dass er also aufsteht und sagt – ich sehe das nämlich dauernd von der Seite, von hinten, sein Gesicht, wie es in ihm rechnet, ackert, kalkuliert – nein, eben nicht. Er steht nicht auf, er hat sich offenbar entschieden, er lehnt sich zurück und macht die Augen zu. Bewunderung. Jeder Skandal, der nicht passiert, ist eine Leistung, oft eine richtig tolle, so wie hier. Ich kucke, wie Max die Sache sieht, aber er denkt scheinbar an was anderes. Und dann ist die Rede auch aus, die perverse Kuh lässt sich beklatschen, matt genug, sie verneigt sich wie eine Diva, wie heißt die eigentlich? Ich kucke auf den Zettel.

Da beginnt Durs Grünbein zu sprechen. Und ich muss sofort mitschreiben, weil die Formulierung so bösartig und souverän ist, mit der er sich für die interessante Rede, die hier eben zu hören war, bedankt. Dann gießt er sich Wasser ein. Und dann beginnt also die Lesung. Zehn nach halb neun.

Die ersten Gedichte, schwierig. Wieso dichten? Wieso nicht einfach direkt sagen, was es zu sagen gibt?

der in seinem dunkeln Roll
Gedichte von
wie aber wäre er –
verhindert alles

überhaupt nicht nichts
und zwar meine

So zum Beispiel? Nee. Gut, dann höre ich lieber wieder zu. Mit der Zeit geht die Erstempfindung, die nur auf das Gestische des Dichterischen reagiert, so langsam weg. Und ich höre durch das Gedichtete hindurch den – Spaß, denke ich kurz, und dann kommt sofort wieder was für mich viel zu Ernstes. Ich will die Madness der Sprache, den Fun der Exposition, die Absurdität dieses Tuns. Ich hätte es, wie immer, gerne kürzer, zerfetzter, kaputter.

Zwischendurch erklärt der Dichter, das ist jetzt gemein, aber er bringt es, so kommt es mir plötzlich vor, eine Spur zu großartig, wie und warum dieses und jenes Detail dann zu diesem und jenem Gedicht geführt hätten. Als wärs Magie. Als hätte sich nichts geändert. Als wäre es nicht wirklich eine Frage, was es für das Gedicht im altemphatischen Sinn heißt, dass heute jeder Kim von Echt auf seine Art genauso wichtige Gedichte

 Gegen „Magie" der Literatur

schreibt wie wir auf unsere, oder Claudia Jung auf ihre, Jochen Distelmeyer auf seine, oder Eißfeldt und seine Beginner, oder eben die Fantastischen Vier:

nun, da sich der Vorhang der Nacht
von der Bühne hebt,
kann das Spiel beginnen,
das uns vom Drama einer Kultur berichtet

Dass das Geheimnis der Dichtung also nicht primär im geheimnisvollen, sogar dem Dichter selbst nicht ganz begreiflichen Vorgang des kreativ-genialischen Moments verborgen liegt. Sondern vielleicht eher weiter draußen, in der gesellschaftlich gegebenen Realität der Sprache, in ihrer alltagspoetischen Aktualität. Und ich denke sofort wieder an die Brinkmann-Gedichte, an das Vorwort zu Westwärts, wo er aufzählt, was alles weiter macht. In Flashback, letzten Herbst, in der Volksbühne, da haben sie das auch verwendet, und ich denke an Stefan Pucher und Alexa Hennig von Lange und träume mich so langsam richtig weg und raus von hier und fort.

Max stupft mich an, ich wache auf. Was war denn jetzt eben gewesen? Er zeigt auf das Ankündigungs-Blatt, auf dem er sich vorhin Notizen gemacht hat, letzte Korrekturen zu seinem beinahe fertigen Roman, der unter dem Titel IN RAVENDER GESELLSCHAFT, ROMAN im kommenden Herbst bei Kiepenheuer wahrscheinlich rauskommen wird. Wir hatten gestern, vor dem WDR-Interview, im Büro über die neuesten Änderungen geredet, die er an dem Manuskript in den vergangenen Monaten gemacht hatte, die Fortsetzung eines Gesprächs aus dem Frühjahr, wo wir paar Fragen der erzählerischen Tonalität besprochen hatten, wozu man berechtigt ist, wodurch, wie, worüber zu sprechen, und wir waren gerade wieder mal bei den hochinteressanten Fragen der Perspektive angekommen, da stand der WDR-Clown, von Pete Freundlich hereingebeten, vor uns und meinte: »Hallo.«

Kurze Begrüßung, er geht wieder runter, um seinen Krempel zu holen, und Max meinte: »Erinnert der dich nicht auch ein bisschen an unseren Lars?« Hatte ich gar nicht bemerkt, stimmte aber. Der Sparlars kam zurück, baute seine Sachen auf, nicht ohne ununterbrochen hohlen Betriebsnudeltext abzulassen, total ungefragt, ohne auf Antwort zu warten oder angewiesen zu sein, einfach nur so. Wahrscheinlich denkt er: to break the ice. In echt hieß er Theobald. Das fand ich schon wieder lustig. Aus dem Gelabere kam so langsam raus, insofern hatte es doch konkrete Mitteilungsabsicht, dass es bei dem Interview jetzt nicht so sehr, wie es ursprünglich geheißen hatte, um unsere Word-Platten gehen sollte. Vorallem sollte es um einen Film von ihm gehen, einen vier-Minuten-Film, eine Art abstraktes Thesenfeature, das Frau Rechert-Strauß bei ihm bestellt hätte, für einen großen literarischen Salon zum Thema Pop. »Ah, Pop«, meinte Max, »das Wort kenne ich.« Der Sparlars lachte. Er sagte, »wir verstehen uns.« Die Meisterschaft im Umgang mit Deppen bei Max ist absolut sensationell. »Gut, Pop. Hervorragend. Wieso nicht?« Max setzte sich hin und machte sofort eine Liste. Oben drauf schrieb er Pop, schaute ganz ernst und sagte: »Pop, was wissen wir darüber?« Ich kriegte einen Lachanfall. Max notierte Begriffe zu Pop. Und der Sparlars redete von seinen intellektuellen Einflüssen, die jetzt auch gerade in diesen für ihn besonders wichtigen Film mit einfließen sollten, da kam William herein und meinte: »Ihr kommt zurecht? Ihr habt alles?« Der Sparlars stellte sich vor, und William, völlig ernst: »Sie sind also dieser berühmte Theobald.« Er, nicht gerade errötend, aber doch leicht verunsichert: »Ich glaube, da verwechseln Sie mich.« Aber da war William schon wieder durch die nächste Türe draußen und redete mit Rudi, der an der Rezeption sitzt und gerade am Telefonieren war. Beim Sparlars gings unterdessen weiter, mit Nietzsche, Sloterdijk, Kierkegaard, vorallem wegen Sloterdijk hätte er an uns gedacht, wegen Risiko-Beck, andere Fundamente.

Max zeigt mir also diesen Zettel, wo neben den Kritzelnotizen zu seinem Roman IN RAVENDER GESELLSCHAFT, ROMAN, dieser Nachklapp ist wichtig, Roman, groß der Name Durs Grünbein drauf steht, und hinter den Vornamen hat er ein noch größer geschriebenes kleines »t« hingemalt. Dieses Wort käme bei ihm durch die Intensität des dichterischen Ernsts des Vortrags hier zustande, und wie lange wir noch etwa bleiben müssten? Gute Frage. Meine Gedanken waren eben nochmal beim Titelproblem gewesen, bei der Frage der Serie, die ja auch wieder ein Gedicht bilden würde, das heißt:

word 1. soziale praxis
word 2. liegen. geht
word 3. der laberkommandant
word 4. megarave
word 5. ja, wie jetzt?

Denn da hat man eben diese Frage: kann nach »megarave« wirklich »gabber gabe« folgen? Oder muss es vielleicht sogar genau folgen? Um nicht schon wieder zu wechseln? Darüber redeten wir relativ leise, trotzdem kam der Schuleffekt wieder mal auf, vorne wird die Todesfuge behandelt, in den hinteren Reihen wird gekifft oder der Joint zumindest schon gedreht, zur größten Erheiterung der hinten Beteiligten, der vorderen gar nicht, ganz im Gegenteil. Eine zarte 19jährige, leicht niphterlich, aber sehr hübsch und vergeistigt sexy, dreht sich ganz streng zu uns um und macht eine Geste des Stillesein, bitte. Gott, ist die süß. Ein supersüßer Grünbeinfan. Nee, stimmt, da muss man ruhig sein, ich bin sofort dafür. Ich versuche mich auf Ruhe und Aufmerksamkeit zu konzentrieren, etwa sechs Sekunden. Dann kucke ich rüber zu Max. Und kann mich schon wieder vor Lachexplosion kaum halten. Nein, wir müssen gehen, es hat keinen Sinn. Man ist für diese Art Ernst einfach zu kaputt. Und will es zugleich der Niphterlichen nicht verderben.

Ich: »Wie kommen wir hier jetzt raus?«

Max: »Da, würde ich sagen, oder?«

Okay, links hinten, eine Stellwand, Kabelrollen. Wird denn hier auch schon wieder irgendwas gedreht? Ist mir vorhin gar nicht aufgefallen. Da könnte es gehen, da kommen wir durch, am Schluss allerdings, da beißt die berühmte Maus wieder mal keinen Faden ab, führt der Weg hinten vorbei am Pult des Lesenden. Wir müssen direkt am Dichter vorbei, mitten unter der Lesung, das ist nicht sehr gut. Und während wir losgehen, denke ich, hoffentlich kuckt er nicht, vielleicht kuckt er ja nicht. Und gehe los, Max voraus.

SOUND

In der Klitsche wartet man schon auf uns. Damit hätte ich jetzt nicht gerechnet. Sie haben sich scheinbar echt zusammengerissen, einen Kaffee getrunken oder andere Drogen genommen, und sind jetzt also jedenfalls hellwach, auch nicht übertrieben hysterisch. Einfach nur endlich wirklich bei der Sache.

Klitsche heißt: ein enger Raum, schlauchartig, etwa zweieinhalb auf fünf Meter, beidseits vollgestopft mit

Equipment. Man steigt eine provisorische Treppe hoch, alles düster und megaversifft. Das Haus von außen schaut trashig aus, aber nicht so komplett rundown, wie es innen dann ist. Und diese Treppe führt einen in den oberen Teil einer Einzimmerwohnung, deren unterer Teil anderen Mietern gehört. Fenster gibt es nicht. Hier ist immer Nacht. Die Firma hat den grandiosen Namen PLATIN, knietief stehen sie im Sumpf ihrer deprimierenden Ostkaputtheit, zehn Jahre danach, und nennen sich PLATIN. Unfassbar, aber dann sofort, einen halben Gedanken weiter, doch einfach nur herrlich. PLATIN.

Und während der Typ, der uns die Türe aufgemacht hat und uns mit einer Taschenlampe zu den Worten »Lampe muss vergessen werden« hinter sich her leuchtend die Treppe hochgeführt hat, an den hinteren Computer geht, auf die dort neben der Tastatur liegende Pizza deutet, und dazu freundlich »bitte, falls ihr etwas wollt« sagt, und wir dankend abwinken, denke ich sofort an das Real- und Gegen-Video, das die hier selber bewohnen, ohne davon zu wissen, und ob wir nicht doch für die word 6, auf dem Irrsinn dieser Szenerie hier basierend, irgendwas mit Sex und dark und richtig mean machen sollten, und mache zu Max eine Geste durch den Raum und sage: »Ganz schön geworden hier, oder?« Und dann fängt der Typ schmatzend wohlig seine Pizza zu essen an. Der ist ja zu Hause hier, das ist sein Büro, das Büro der berühmten Videoproduktionsfirma PLATIN.

Geldmangel. Nichts anderes bringt einen sowo hin. Das ist das Faszinierende an Armut: dafür müssten Sting, Rod Stewart, David Bowie oder Mick Jagger viel Geld raus tun, und zwar richtig viel, dass man ihnen ein Drecks-Ambiente von solchen Graden liefert, baut, zusammenkratzt, und es würde doch nie dieser Realkick davon ausgehen können wie der Kick realerweise hier. PLATIN. So nennen wir die word 6. Was heißt das für den Titel der word 5? Was heißt das für die geplante Musik? Zu weit darf man allerdings auch nicht vorausrechnen, das ist wie beim Schach. Man muss auf Intuition vertrauen und spielen, man ist ja schließlich kein Computer.

Der Haupttyp, immer vergesse ich seinen Namen, ich glaube, der heißt komischerweise auch Martin, spielt uns jetzt das Material vor, das sie vorbereitet haben, das korrigierte Material. Ich hatte eine bestimmte Ruckartigkeit, ein Springen der Bilder bemängelt, gestern nacht war das, und zu ihm gesagt: »Kannste das bitte mal weg machen, das Springen?« Da hieß es dann: »Nee, das ist schwierig.« Aber es würde doch gerade gut ausschauen, lowfimäßig, wenn es springt. Nein. Wieder die Adam-und-Eva-Situation, er hat mit seinem stumpf gekifften Ostlerhirn verstanden, dass wir eine andere Optik wollen, aber die natürlich perfekt. Die Idee ist lowfi, die Ausführung natürlich High Fidelity, highest, würde ich sogar sagen, ohne zu wissen, ob es das gibt. Dann hieß es, das wäre eine ganz komplizierte Computer-Geschichte, das könnte nur das superkomplizierte Programm sowieso, bla bla. »Bitte erspare mir weitere Erklärungen«, sagte ich sofort, weil ich mir dieses Angebergewäsch einfach nicht anhören kann. Klaus zum Beispiel sagt nie sowas, beim Musik-Machen, der sagt, ob es geht und wie lange es dauert, dann wird beredet, ob es sich lohnt, es zu probieren, oder nicht, fertig. Ich fragte den Platin-Martin also, wie lang er für diese Korrektur brauchen würde, und da hieß es dann, einen Tag. Besprechung mit Max: was er denkt? Wie wichtig es ist? Und dann war also beschlossen worden, die machen ihre angeblich so komplizierte Verflüssigungs-Geschichte der Einzelbilder bis heute, und wir gehen noch auf zwei Bier ins WMF.

Dort, das erste was ich sehe, wen ich treffe: Sarah. Sie, voll im Sarah-Tonfall: »Ja mein Rainaldo!, da bist du ja wieder, endlich! Wie war der Sommer bei dir?« – »War okay. Wie wars bei euch?« – »War nicht so toll.« – »Echt? Wieso denn?« – »Ja, alles recht schwierig.« Und sie fängt sofort die neuesten Sword-Geschichten zu erzählen an. Ich hatte mit den Jungs die Sommermonate über nicht telefoniert, ich mag nicht gerne telefonieren. Und wozu telefonieren, wenn man sich nicht auf ein echtes Treffen verabreden kann? Jetzt bekam ich dafür den Schnelldurchlauf, ultrahocherhitzt, von Sarah vorgetanzt. Ich konnte mich nicht richtig auf die Erzählung selber konzentrieren, weil ich mit ihrem Act beschäftigt war. Sie hat mal erzählt, dass sie schon als Kind ein Naturtalent gesellschaftlicher Art gewesen ist. Zuletzt hatten wir auf Mayday länger geredet, sie hatte mir einen kleinen Vortrag über mein Leben gehalten, paar Dinge wieder in Erinnerung gerufen. Wie privilegiert unsereiner lebt. Dass man sich nicht zu beklagen hätte. Ich war unglücklich, weil ich mich sogar zum Feiern zu kaputt fühlte. Sogar das habe ich noch verlernt oder vergessen. Sie hat nichts bestritten, mir nur die gegenteilige Seite in Erinnerung gerufen. Das gab einen tollen Sarah-Flash, kurz bevor ich weggefahren war. Und während sie mir diverse Sword-Dramen in Kurzfassung erzählte, gingen mir diese Dinge durch den Kopf, dort im WMF, unser spezielles Verhältnis betreffend.

Wir kucken auf den Computer-Bildschirm, wo jetzt das neu verflüssigte Material durchläuft. Und der hiesige Martin kuckt, wie wir reagieren. Die Entscheidung war richtig, man sieht die Idee des Videos jetzt weniger deutlich, das wirkt angenehmer. Das Video geht so: normale Intellektuellen-Wohnung mit hübscher Frau, gespielt von Joulia Straussowa, die sich fertig macht zum

Ausgehen. Die Freundin kommt. Man sieht die beiden zusammen abhängen, reden, rauchen, telefonieren. Checken, was los ist, was geht, was ansteht. Dates und Kicks klar machen. Ablauf, Planung, fertig. Und dann gehts los, sie gehen aus. Das wars auch schon, das ist das ganze Video. Der Hauptakteur ist die Wohnung. Sie gehört einer Frau namens Alexa, einer Freundin von Pia, die die Freundin von Fabian ist. Auf der Heimfahrt von Mayday, wie ich megatot im Zugabteil saß, waren die beiden Mädels gutgelaunt zugestiegen. Und ich dachte schon, ich muss mir sofort einen anderen Platz suchen, die sind so ausgeschlafen und fröhlich, das packe ich jetzt gar nicht. Aber dann war ich sogar dazu zu tot und blieb sitzen. Die beiden unterhielten sich, und ich saß nur da und träumte vor mich hin. Sie redeten auch über ihre Wohnungen, da wurde auch die Wohnung von Alexa erwähnt, wie es da ausschaut. Eine dieser Wohnungen, von denen man im vergangenen JAHRZEHNT DER SCHÖNEN FRAUEN immer wieder mal eine irgendwo gesehen hat, wo die Mixtur heißt: Klugheit, Sex, Fun, mit dem Arsenal der entsprechenden Paraphernalia, und von allem richtig viel und alles nicht allzu wichtig genommen.

Das besonders Angenehme war: ich merkte davon fast nichts, es war mir egal. Ich war brutal müde. Ich hatte von der vergangenen Party die wirklich PERVERSESTEN Gedanken im Kopf. Kaputtheit, beyond. Szenen flashten hoch, scham- und schreck-erfüllt jetzt schon, Kopfschütteln zu jedem Vorgang, zu jeder Aktion, zu jeder Erinnerung, zu allem, was man getan und gesagt hatte, Horror. Am Schluss hatte es exakt noch ein Wort gegeben, das war übrig geblieben: Banane. Wir lagen auf diesem Bett, und ich wollte wissen, was das jetzt ist? Dass da absolut nichts mehr ist, in einem. Kein Glück, kein Fun. Wie das heißt, wie man das nennt? Banane. Stimmt. Absolute Totalanästhesie der gesamten Hirnmasse, Suche nach Sinn, ohne jeden Verstand, und ohne auch nur die Andeutung der Klarheit eines einzelnen rettenden, ordnenden, sich selbst verstehenden Gedankens. Ich wäre da gerne einfach nur liegen geblieben, forever. Und war dann doch ins Bett gegegangen, hatte an der Rezeption mein Zimmer verlängert, fuhr hoch, legte mich hin, lag da, und war wirklich eingeschlafen. Ein kurzer zutiefst-Zerstörtheits-Schlaf war gekommen, ganz flach, halb wach, und, hirninternes Wunder: nach zwei Stunden wachte ich auf, es war nachmittags, vier Uhr. Und ich dachte, plötzlich völlig klar: packen, fahren. Viel besser, heute noch nach Hause kommen. Vielleicht ist der Schlaf – ja, was tut er da, in unseren Köpfen, er ist ein gütiger Täter: alles auf null. Ich war natürlich zittrig und schwer angeschlagen, ich sah die Zigaretten und dachte, nicht unbedingt jetzt sofort wieder die erste rauchen. Wir wollen das gequälte Hirn kurz in Ruhe lassen. Aber ich war doch wieder ein so weit normales, intentional geordnetes und vorallem begrenztes Wesen, dass ich wusste, wer ich bin, wieviel es steht, und wo der liebe Gott wohnt. Da oben, von wo die Sonne auf mich runter brennt. Ich saß vor dem Bahnhof Dortmund, vor dem McDonald, am Rand eines Blumenbetonrunds. Wir: auf Erden, die: da oben. Wie so ein Penner. Der Zug war mir quasi vor der sogenannten Nase davon gefahren, okay, eineinhalb Stunden nur, dann geht auch schon der nächste. Eineinhalb Stunden, eigentlich keine Zeit. Wenn man aber, und das war plötzlich die aus dem Druck des Elends hochsteigende erste richtige Beobachtung in dem Moment, an dem Prozess, der vorgeht in einem, diese Zeit selber, eigenintern, durch sich durch schleusen muss, ja, eigentlich wirklich selber in sich MACHEN muss, dann ist das eine

Sekunde für Sekunde auf die Dauer wirklich sehr anstrengende Geschichte. Wieder mal: mir war das neu. Ich wusste das bisher nicht, dass man die Zeit zumindest auch in sich selber wirklich auch erschaffen muss. Die Sonne des Nachmittags dieses ersten Mai brütete auf mich hernieder, und ich saß da, prozessierte Zeit. Wahnsinn. Es war also wieder einer dieser ersten Mai-Tage, ich war dabei gewesen, und es war misslungen. Auch das war nicht geglückt. Die Mädels mir gegenüber erzählten sich ihre Erlebnisse und Wege der vergangenen Nacht, es war offenbar eine ganz normale Party gewesen. Ich hatte nicht getanzt. Ich hatte nur geredet. Zu den tollsten Momenten der Nacht war ich irgendwo nur rumgestanden und hatte geredet, wie so ein Depp. Ich machte die Augen zu und lag da, Alexa, die mir gegenüber saß, hatte ihre Beine hochgelegt, und auf dem Sitz links neben mir lagen ihre Füße. Die Mädels erzählten, dass der eine Typ auf der Hinfahrt ihnen auf ihre Anweisung hin so passioniert und ausdauernd die Füße massiert hätte. Ob ich nicht auch Lust hätte, ihnen eine Fußmassage zu geben? Sie lachten mich fröhlich an.

Das Video ist jetzt also einmal durch, und der Platin-Martin schaut uns wieder fragend an. Ich nicke zustimmend. »Ist besser geworden so?«, fragt er, und ich sage: »Ja, absolut, bin total begeistert.«

Das verunsichert ihn, weil ich bisher hier nur in den fiesesten Ironieturns geredet hatte. Um den Hass schnell unter Kontrolle zu kriegen und die Laune dabei anzuheizen. Auf ganz stumpf. Dass sie mehr kiffen müssen, dass dann die Arbeit sicher viel besser läuft, wie gemütlich sie es hier haben, die Richtung. Die ausgesprochenen Bosheiten sind sofort Gemeinheiten eines Hysterikers, Übertreibung, unzulässig, Frechheit, Witz. Sie tun nicht mehr weh, im Gegenteil, verbessern, ohne an den ohnehin unabänderlichen Fakten was zu ändern, trotzdem irgendwie die Lage. Schließlich muss das Video hier heute fertig werden, jetzt ist es kurz nach halb zehn.

Unsere kleine Plattenrelease-Party für die word 5, wieder mit neuen Selbstbildnissen von WestBam, diesmal in der Galerie Shaboo, weil es berlintokyo ja leider nicht mehr gibt, geht um etwa zwölf Uhr los, und da die Platte selber nicht fertig geworden ist, irgendein Messup im angeblichen Presswerk, wäre es ganz schön, wenn wir wenigstens das Video zur Platte zeigen könnten. Auf den Flyer haben wir geschrieben:

westbam: selbstbildnisse 3
rainald goetz: word 5: werk ohne opuszahl 2
gabber gabe

Dichtung durch Kleinschrift und schöne Zeilenlängenverhältnisse. Und versuchen, den Reiz des seriellen Moments richtig auszubalancieren gegen den Nervfaktor: ah, die schon wieder. Das schon wieder. Ist ja scheußlich. Seltsamerweise, und ich habe vergessen, Max dazu zu befragen, kommt es mir so vor, als würden die nervenden Anteile in einem sich im Lauf der Jahre immer deutlicher und also unangenehmer, nerviger vordrängen. Als würde man bei praktisch unverändertem Verhalten einfach nur so, ohne irgendwas, ganz automatisch immer mehr nerven. Ein relativ ekliger Gedanke. Und was heißt das, falls es stimmt, für die sogenannte Arbeit?

Das Argument dieses Videos hier, und wie es jetzt endlich richtig durchläuft, sieht man, dass das trotz Ideeverdeckung deutlich wird und das Ding insofern funktioniert, heißt diesmal wieder: »Pop«. So wie das Argument des Beatbox-Rocker-Videos geheißen hatte: »Art«. Es hatte fast schon »Underground« geheißen, aus dem Kontext des Viva-ZK-KZs heraus gedacht, wo eine so wahnsinnig pralle Vorstellung davon regiert, was Pop wäre. Das Irre dort, bei den verantwortlichen Komikern, die da das Sagen haben, höchst folgenreich bekanntlich für die herrschende Ästhetik, ist die Frechheit, mit der die ihre eigene Dummheit, den eigenen Stumpfsinn, die eigene Bildungsferne, das Desinteresse an allem im Grunde – für positive Qualitäten eines naiven Blicks auf die Welt halten. Sie denken, ihre Dummheit selber wäre Pop. Das ist die Folge der langen Geschichte einer hochkomplizierten Sehnsucht des Denkens gegen sich selbst, der Sehnsucht der Intellektuellen nach anderen, direkteren Zugriffsformen auf die Wahrheit, kennt man ja alles, ixfach durchdekliniert. Aber die Idee hat natürlich, wie immer am Schluss ohne jede Verbindung zur Geschichte ihrer Entstehung, inzwischen längst auch den letzten Proleten erreicht. Er arbeitet als Hauptsicherheitsamtsvorsteher Dance bei Viva. Mit so jemandem muss man dann über Pop diskutieren. Auch meint er natürlich genau zu wissen, was seine Kundschaft will, die 8- bis 11jährigen Mädchen. Dass die in Wirklichkeit ein vielleicht viel komplizierteres Ortungssystem für Interessantes haben als er, ist ihm noch nie eingefallen. Er hat sich vom Depp zum letzten Depp hochtelefoniert und ist jetzt, mit Mitte zwanzig, wie so viele Medienarbeiter, schon am Endpunkt und Verblödungsgipfel seines Lebens angekommen.

Wir sitzen endlich wieder im Taxi, Platin ist Geschichte, das Video ist fertig, wir fahren downtown, richtung Westen, und ich wüte gegen Viva. Nicht gegen Viva, sondern gegen die Leute, gegen das Selbstverständnis der Leute, die das machen. Gegen die bräsige Blödheit dieser Existenzen, mit denen man da zu tun hat. Und dann hat man sich selber wund und wüst und selber blöd geredet, wird heiter dadurch, und muss lachen.

Denn in Wirklichkeit ist man ja in einer hochprivilegierten, extrem interessanten Position: gegen beides, gegen Pop in der Realform des real existierenden Proll-Pops. Und genauso und im Zweifelsfall eher noch mehr: gegen Underground, speziell in der Realform des real existierenden Minimal-Horizont- und Minimalismus-Undergrounds, der sich neuerdings, lustigste Drehung der Geschichte hier, bei unveränderter Weltzugriffspraxis selber auch Pop nennt.

Und während Max jetzt die Geschichte dieses Pop-Undergrounds als eine der Angst vor Fehlern und der Fehlerlosigkeit erzählt, die dann doch nur dazu geführt hätte, dass man jetzt, in letzter Konsequenz, vor lauter Fehlerlosigkeit natürlich auch nicht weiter wüsste, biegen wir gerade aus der Brunnenstraße ab, in einen bekannteren Platz hinein, der sich mir in dem Moment einprägt, als Bild, zu dem ich versuche, dem Argument zu folgen. »Wie Fehlerlosigkeit?«, sage ich, »wie meinst du das?« Dann erklärt er es, und ich verstehe es, und dann reden wir über die verschluckenden Schnitte, die unserem Video eine irgendwie verwischende Gesamtgestik geben. Die uns gefällt, weil wir sie schön finden.

Ankunft daheim. Kurzer Zwischenstop.

Gleich gehts weiter.

TEXT

1336. Selbstreferenz.

Wir sitzen wieder im Taxi, ich blättere in meinen Papieren, Max redet über Bernhard. Langsam werde ich nervös. Was auswählen, was weglassen? Lesung: es geht doch um den Unterschied zum musikalischen Moment der Wiederholung, ein Angebot zu machen, das eher

Texte = asozial
Autor = Gemeinschaft bildend

was Zugewendetes signalisieren würde.

Max liest den Schluss seines Romans. Ich würde am liebsten direkt aus der Zeitung vorlesen, um das Event Lesung anders auszulegen. Wie könnte es gehen, dass man was macht, was angenehm wirkt, ja, tut mir leid. Die Texte müssen nicht angenehm sein, im Gegenteil, Auftritte aber, finde ich, schon. Die Texte sind asozial, zumindest auch, vertreten diese Seite des Autors. Sein Körper ist was anderes. Der ist es aber, der dann da steht, den Mund aufmacht und was sagt.

505. Starke Eigensinnschwäche.

Begriff »Konspiration«. Zitat aus dem Wörterbuch der Staatssicherheit. Hier oder später?

In der Ferne bewegt sich ein Kran, Schwan unter Kränen, dreht sich ganz langsam, da wird gearbeitet, mitten in der Nacht, in den Flutlichtfluten an der Baustelle am Lehrter Bahnhof. Wir fahren jetzt wieder uptown, wieder richtung Osten. Dass es Bernhard also, darüber geht das Gespräch, eben nicht um den Inhalt der mitgeteilten Gedanken geht, jedenfalls nicht primär, sondern, abstrakter, um die Struktur, die der Prozess des Denkens in sprachlicher Gestalt manchmal hat. Und ich denke an das Gespräch mit Dietmar über den gegenwarts-politischen, antiklandestinen Aspekt des Begriffs. Es geht auch um einen Neuanfang, bei Einbeziehung alles Trennenden, und doch auch darüber hinweg.

1749. Im Gegenteil.

Hier. Dekonspiration. Offenbarung bzw. Enttarnung politisch-operativer Arbeitsprinzipien, Ziele und Absichten, Maßnahmen, Kräfte, Mittel und Einrichtungen, die in der Regel zu erheblicher Gefährdung der Realisierung operativer Aufgaben, wachsendem politischen Schaden, zum Verlust operativer Potenzen und zu einer weitreichenden Einschränkung ihrer Wirksamkeit führt. Die Ursachen für Dekonspiration sind diffenziert. Konspiration. Zersetzung. Denken. Delikt.

Benjamin hatte mir erzählt, er hätte den einen Typen in Berlin damals gefragt, was das eigentlich heißt, Konspiration? Und der: zusammen atmen, unter einer Decke stecken. Und ich: Ah, genau, das Spirare der Piraten. Ratio. Ohne, ohne. Ohne nee.

1038. Brunnen 185. Mittwoch, 4.1.95, München.

»böse«
»gut«
»schön«

Die Aufschriften für hinten für:

Rave
Dekonspiratione
Jeff Koons

2222. Time.

Ziel war die Wohnung von Max gewesen. Ziel ist jetzt die Galerie. Das Gespräch über Bilder, die Kunst, das Ende der Geschichte hier, die Auflösung. Ziel ist der Rausch, von dem wir ausgegangen waren.

Ich lasse meine Blätter sinken. Die Genannten küssen sich. Geschenk der Aphrodite. Aufbruch, Berührungen, Blicke. Ich glaube, ich habe mich verlaufen. Ich trinke einen Schluck. Ich muss noch nüchtern bleiben, für den Auftritt. Ich wollte hier endlich einmal eines nach dem anderen aufreihen, richtig geordnet.

Max meint, es wird schon, es wird schon laufen. Wir reden darüber, dass er von dem Zwangsgedanken fast besessen wäre, die Sache am Schluss zum Anfang zurückzuführen, quasi im Kreis. So wäre es ja auch in seinem Roman. Und ich sage, nein, das ist gut, zurückgehen zum Anfang, das ist immer gut, am Schluss.

Die Fenster sind offen. Und die Luft wirbelt hinter unseren Köpfen im Fond durcheinander. In Berlin wird heuer geredet vom heißesten September dieses Jahrhunderts, vom Jahrhundert-September 1999.

TIME

Dann war es also Nacht geworden. Die Türe geht auf und zu, und dazwischen kriechen dunkle Gestalten herein. Für einen Augenblick mischen sich die leuchtenden Lichter der Straße mit dem Schimmer der Lampen im Club. Es ist ein kleines feines Hauptstadtevent für die smarte, darke, dreckige Klientel der anders Kaputten, der Kreativen, und wir werden heute hier lesen, warum nicht? Die Position der Abweichung, die von der denkbar umfassendsten Nichteinverstandenheits-Empfindung den Dingen, der Welt, vor allem aber natürlich sich selbst gegenüber ausgeht – . Moment. Es ist so weit, mal kucken, was passiert und wie das läuft.

Katharina kommt rein, und wird begrüßt. »Hallo Katharina, da bist du ja!« Sie schaut sich um, winkt, grüßt, dreht sich, kuckt, und da ist Martin, und sie geht zu ihm hin, und sie reden.

Was sie im Moment nicht sieht, denn sie sieht zuerst die lebenden Menschen: das sind die Bilder an den Wänden. Die Bilder WestBams zeigen Menschen, die genau das tun, was hier gerade los ist. Zusammen rumstehen, reden, trinken, rauchen, feiern. Idee ist eine Emotion sozialer Weite. SELBSTBILDNISSE, das klingt schön altmodisch, er selber ist diesmal nur ganz klein im Hintergrund auf einem Bild mit Massenszene drauf.

Davor sieht Benjamin jetzt Katharinas redendes Gesicht, er winkt ihr zu und geht an den provisorischen Tresen und bestellt ein Bier. Er zahlt fünf Mark und bedankt sich. Dann nimmt er einen Schluck und zündet sich eine Zigarette an, steht da, an eine Beton-Säule gelehnt, und schaut in richtung Türe. Mit den Augen grüßt er die, die er kennt. Und er raucht und trinkt.

Plötzlich, wie wir uns sehen, ich ihn, er mich, entsteht ein heftiger Herzlichkeits-Kurzschluss. Wir lachen beide auf und gehen sofort durch die Leute hindurch aufeinander zu, stehen da, schauen uns an, lachen wieder und umarmen uns.

»Mensch Benny!«, sage ich, »endlich.«

Und er: »Da bist du ja wieder. Der kranke Exilant. Wie wars denn?«

»War okay.«

Und dann erzähle ich von Wien. Vom Irrsinn dort, von der Art Leben, das ich da geführt habe. Dass es toll war und dass ich froh bin, dass ich wieder hier bin. Aber eigentlich ist es eher ein wirres Gesprudel einer aufgewühlten Emotion. Der Witz solcher Freundschaften wie mit Benjamin ist das unaußerordentlich Normale, das täglich alltägliche Zugleich von Prost und Gedanken, von Arbeit, Fernsehen und Geschichten. Das Beiläufige, das nebenher das ausgesparte Zentrum schafft, wo man dann manchmal, man kann schon so sagen, ein Herz und eine Seele ist. Eine insofern natürlich auch nicht unkomplizierte Angelegenheit.

Benjamin hatte mich damals im Babalu angesprochen. Ich weiß noch, dass Woody spielte, ich lehnte da bei Woody in der Ecke, und Benjamin tippte mich von hinten an. Er wäre der Typ vom Spiegel, wir hätten schon telefoniert. Ah, okay, verstehe. Es ging um ein Interview zu meinem neuen Buch, 1993 war das.

Mit Maxim Biller zusammen, der den Kontakt hergestellt hatte, waren wir dann gemeinsam, zu viert, mit Maxims Freundin, irgendwo aufs Land raus gefahren, und es war ein herrlicher Sommertag gewesen, voller toller Gespräche. Benjamin hatte danach seine Spiegel-Geschichte darüber geschrieben. Beim Lesen schämte ich mich zwar, aber das war mir egal, weil ich mich so freute, ihn kennengelernt zu haben. Außerdem weiß ich aus eigener Täter-Erfahrung, als Schreiber, als Erzähler, wie sehr man den Leuten, die in den eigenen Texten vorkommen, dauernd Unrecht tut. Man stellt sie anders dar, als sie in Wirklichkeit sind. Die ihnen in den Mund gelegten Zitate stimmen nie wirklich exakt haargenau. Man zeigt sie, so wie man sie sieht, man zeigt nur einen überdramatisch herausvergrößerten Aspekt von ihnen. Und all das ist etwas völlig anderes als die Leute in echt. Man tut ihnen Unrecht. Sie werden ein Moment von Text, allein darin ist eine ungeheuerliche Gemeinheit, ein Verrat, eine Scheußlichkeit eingeschlossen. Und zugleich andererseits auch etwas Schönes. Es geht hier also um die ganze perverse Mixtur der Schrift, in Verwicklung mit freundschaftlichen Gefühlen, es geht um etwas insgesamt sehr Wirres.

Immer war ich mit anderen Schreibern befreundet gewesen, seit meinem Abitur, und immer habe ich von anderen Schreibern gelernt. Zuerst waren sie älter, und wie ich selber älter geworden war, waren sie jünger. Es waren schwierige Freundschaften, von innen her angelegt auf etwas Phasenhaftes, auf einen Moment, wo zwei einander ferne, starke Charaktere kurz zusammenkommen, sich verstehen, gegenseitig bewundern, und dann wieder voneinander weg entwickeln, trennen. Meine Sehnsucht ging aber auf Dauer.

Diese Dinge waren mir eben durch den Kopf gegangen, und Benjamin erzählte vom Scheitern ihres Fernseh-Projekts Nothing Special. Alle dachten, das wird was. Es wird aber nichts. Die Sender sind noch nicht so weit. Viel langsamer, viel konservativer, als man immer denkt, getäuscht durch die medien-interne Resonanz-Grellheit, bewegt das Fernsehen sich inhaltlich vorwärts. Die Idee von Nothing Special wäre formal ja höchstens XVII. Jahrhundert: ein kultivierter Diskurs über naheliegende Gegenstände, die aus der Welt kommen, in der das Gespräch sich abspielt. Beim Radio, nicht beim amerikanischen Fernsehen, wird das Fernsehen hier sich vielleicht abkucken, welche Entwicklungs-Möglichkeiten sich ihm bieten, auch in intellektuelle Welten hinein. Die werden immer interessanter werden, weil Proll-TV, was sich jetzt schon abzuzeichnen beginnt, so langsam einmal brüllend ganz durchdekliniert ist.

Benjamin erzählt die Geschichte vom Scheitern dieses Projekts sehr pointiert und gerafft, mit Verständnis für die institutionelle Seite der Probleme, gespickt mit komplizierten Kürzest-Porträts der beteiligten Personen. Das ist sein Spezialgebiet: wie man eine gute Idee hat, wie die Text wird, und wie dann die realen Widerstände an den Orten des Publizierens, in den Redaktionen und Anstalten, diese Idee modifizieren. Und welche Verstehens-Aktionen gefragt sind, dass die ursprüngliche Idee, meist auf institutionen-spezifische Art verändert, schließlich doch öffentlich Realität werden kann. Benjamin hat auch als freier Schreiber gearbeitet, aber ich glaube, er verachtet diese Existenzform. Das asozial Kaputte daran. Wenn wir uns gut verstehen, so wie heute, ist genau der Unterschied zwischen seinem und meinem Leben das Besondere, das, womit man sich gegenseitig sozusagen erfreut.

Da kommt Max dazu, und die beiden begrüßen sich, und ich sehe in der drüberen Ecke die Mädels zusammenstehen. »Lass doch mal da rüber gehen«, sage ich, und dann driften wir zusammen dorthin, wo Sarah, Katharina, Rebecca und Alexa sich unterhalten. »Hallo.« – »Na?« – »Ja.« – Rebecca redet mit Max über das Interview fürs Jetzt, das sie letzte Woche mit ihm gemacht hat. Und ich sage zu Alexa: »Das Video ist doch noch fertig geworden«, und sie meint, »ich weiß.« Wie ihre Wohnung rüber kommt. Ganz toll natürlich. Sie lacht. Sie lacht mich an, kommt auf mich zu, und wir gehen einen Schritt zur Seite. Ich sehe ihre Augen, wie sie mich anschaut, ihr Gesicht. Wie sie sich bewegt, beim Reden, mit ihrem Körper. Ich glaube, ich bin in Alexa verliebt. Hopla. Ein unwünschenswert klarer Gedanke, dem sofort ein verunsichertes Zurückzucken folgt. Du wirst die Liebe der geliebten Frau nicht gewinnen. Inschrift, die über dem Leben des Zweitgeborenen steht. Er zieht dann hinaus, in die Welt, die Welt zu erobern. Alexa berührt mich am Ellbogen. Es geschieht wie unabsichtlich, eine Geste der Herzlichkeit der Hände. Ich finde es angenehm, dass ich nicht weiß, ob sie einen Freund hat. Wir führen das Gespräch von neulich im Zug fort, sie erzählt von ihrer Magisterarbeit. Sie schreibt bei den Theaterwissenschaftlern der FU, wo es eine Abteilung Medien gibt, eine Arbeit übers Fernsehen. Und zwar ausgerechnet, kein Witz, über Talkshows. Alexa redet, und ich kann den Inhalt des Gesagten nicht trennen von dem Körperlichen, das ihr Denken mit hervorbringt. Es ist alles ein Gefühl, eine Welle, auch Angst. Tief einatmen, durchatmen, kucken, und lachend wieder antworten auf ihr Lachen. Ich weiß noch nicht mal, ob sie selber das als einen Flirt versteht. Da sehe ich etwas Werbendes in ihrem Blick und reagiere. Sie beugt sich vor, weil ich den letzten Satz nicht verstanden habe, und unsere Köpfe berühren sich, ich fühle ihre Worte an meinem Ohr, und rieche den Geruch ihres Nackens, ihrer Haare, die Haut und ihr Parfüm, das ich nicht kenne.

Katharina berührt mich von der Seite, und ich drehe mich zu ihr und kucke sie an. Sie erzählt von München. Ich sehe, wie Alexa zuschaut, wie ich mit Katharina rede. Zu Benjamin sage ich etwas über unser Denken, das andere Schreiben, das andere Urteilen. Und auf die Frage von Max, was in Gesellschaft mir denn vorschweben würde, sage ich: »Die richtigen Bewegungen und gelehrte Gespräche.« Text hingegen würde sein Sein in Nein und Nein nein sein, in aller Stille. Max lacht. Er redet mit Sarah. Wie ich mich wieder zu Katharina hinwende, kommt Alexa von der Seite her, ganz nahe, und ich spüre, wie sie sich an meine Schulter lehnt und mir ins Ohr flüstert: »Ich sehe alles!«

5.5.5.

Jetzt war es soweit, das Licht änderte sich, die Musik wurde leiser, Isabelle winkt Max und mir, und wir gehen durchs Gedränge an der hinteren Wand entlang, um die Ecke, an den großen Bildern vorbei nach vorn. Da stehen wir kurz zu dritt an der Seite. Eine angenehme Stimmung ist im Raum. Das klassisch gedämpfte Clubrot beleuchtet die Gesichter der Leute, orange getönt, und in die Musik im Hintergrund mischt sich das Gemurmel der vielen gleichzeitig halblaut geredeten Worte. Plötzlich freue ich mich auf die Lesung. In letzter Sekunde hatte ich den Plan umgestoßen, einen theoretisch aggressiven Funtext, eine Art euphorisches Ankommer-Stakkato hier, dem Ort eventuell entsprechend, quasi punkmäßig ins Publikum hinauszuspucken. Falsch. Genau umgekehrt. Ich würde den Anfang des dritten Kapitels von hier lesen, diesen fast schon überzogen romantischen Stimmungstext, den ich als programmatisch empfand, im Moment.

Während ich das denke, sehe ich Isabelle paar Schritte machen, richtung Mikrophon. Sie schaut die Leute an, und es wird still. Vom ersten Satz an ist klar, dass hier eine entschieden kurze, sehr konzentrierte Rede beginnt. Aufgabe der Kunst, so Isabelles Argument, wäre die Destruktion, ich glaube, sie sagt wirklich Destruktion, nicht Dekonstruktion, aller Gewissheit von Welterfahrung, Verstehen, Konzeption. Alle zwanzig Sekunden etwa schaut sie kurz auf das kleine Kärtchen, das sie in der Hand hält, versteht die dort notierten Stichworte, dann redet sie frei weiter, und ein nächster Gedanke hat begonnen. Sie spricht in ruhigen, klaren Sätzen, mit einer glockenhellen Mädchenstimme. Das erheitert mich. Auch in ihrem Gesicht sehe ich eine fast noch jugendliche Selbstgewissheit und Klarheit, das herrscherlich Herrliche dieser Sicht, der Position der Kritik.

Applaus. Die Rede ist vorbei, und Max betritt die Szene. Tok, tok. Er klopft ans Mikrophon und sagt: »Sind alle da?« Heiterkeit entsteht. »In Ravender Gesellschaft, Roman«, sagt Max, über sein Manuskript gebeugt, und schaut auf. Das hätte ein Lacher sein können, aber er schaut so, dass die Leute abwarten. Und in die Offenheit dieses Moments hinein beginnt er seine Lesung. Der Held des Romans ist Dj, ein richtiger Versager und Idiot, und der erlebt die heutige Welt von Rave und exzessiver Party. Der Typ denkt sich lauter Schwachsinn, wenn er überhaupt zu einem Gedanken kommt, aber meist weiß er gar nicht, was wirklich los ist, was Bild ist, was Rausch, wer wer ist, und wer spricht. Die Perspektive ist also gebrochen und zugleich an vertrauten Außengegenständen so festgemacht, dass die Zuhörer gut folgen können. Es ist eher ein zweites Erkenntnis-Moment, in dem einem die andere Dimension der Sache aufgeht, die vielleicht ihr künstlerisches Recht begründet. Die Lacher, die jetzt kommen, handeln davon. Ich folge der Ezählung und denke diesen poetologischen Dingen hinterher. Wie ich aufwache, ist Max an der Stelle, wo der Dj-Typ in eine kaputte Drogen-Situation kommt. Wo der Boulevard-Boss, das war die Idee der Verflechtung der Handlung über unsere beiden Bücher hinweg, unglaublich aufstreut und auftextet, angebermäßig auspackt, über alles, sein Wissen, seinen Job, seine Weltsicht, wie sie die Stasi-Story gefahren haben, die Jagd-Geschichte auf den Feuilleton-Boss, bis man plötzlich in der Erzählung des Dietl-Films IN HIGH PLACES drin ist, in einer supereleganten, prolligen Schöner-Wohnen-Wohnung über den sogenannten Dächern von Berlin. Da spielt sich das ab, die letzte Szene. Und mitten in der manischen Angeber-Rede des Boulevard-Bosses kommt ein Anruf, er geht hin, wird bleich, fasst sich ans Herz, will noch was sagen, japst einmal und fällt um, ein riesiger, großer, fülliger Mann. Fällt stangerlgrad und wie ein Baumstamm um. Schlägt auf. Ende. Die sehr späte Drogen-Gesellschaft kuckt sich an, Leere und Ratlosigkeit auf allen Gesichtern. Und ohne ein Wort und ruhig, ohne Hysterie, und ohne dass jemand nochmal nach dem da möglicherweise gerade sterbenden oder schon toten Boulevard-Boss kuckt, stehen alle auf und verlassen leise diese Boulevard-Boss-Wohnung. Einer, den Max so ähnlich wie mich ausschauen lässt, macht noch paar Fotos von der kaputten Szene. Bild soll bluten. Und der Dj-Typ, Schnitt, geht jetzt die Treppe hoch, bei sich zuhause, macht die Türe auf, und da erwartet ihn seine Freundin. Sie fragt ihn, wie es war, und er fängt an zu erzählen.

Schluss, aus, das wars, das ist auch schon das Ende der Geschichte hier, von Max. Und jetzt bin ich dran, und die Leute applaudieren wieder. Max verneigt sich und klatscht dem Publikum selber dankend paarmal zu. Das verwirrt mich, und ich versuche schnell zu erfassen, was mein Plan gewesen war, für hier. Was ich vorgehabt hatte. Ich wollte definitiv nicht frei sprechen. Ich kann es nicht, und ich verachte dieses Nichtkönnen, wenn es konkret passiert. Ich muss fertigen Text vor mir haben, ich darf nicht frei sprechen. Ich muss lesen. Und andererseits würde es in diesem Moment jetzt, wo es eben erst so hin und her gegangen war, zwischen Max und den Leuten, lächerlich rigide und ausgedacht wirken, ganz streng und noch dazu ultraromantisch, wie gesagt, direkt zu lesen anzufangen, mit reinem, streng schriftlich fixiertem Text. Max kuckt mich aufmunternd an, und sein Signal für mich heißt jetzt: los gehts. Ich stehe vorn am Mikrophon und – oje. Ich sehe alle möglichen Gesichter, Diedrich, Helge, Olaf, Regina, Alexa, Katharina und Sabine. Und ganz viele, die ich vom Sehen her kenne, und das ist aufeinmal eine solche Datenmenge, hirnintern, dass es plötzlich zum Systemabsturz kommt. KRANK. Ich stehe da, habe dieses Buch hier in der Hand, in der anderen Hand einen Packen Zettel, mit Schrift beschrieben, sehe das Pult, das Mikrophon, den

Stuhl und sein Tischchen, bemerke die erschreckend radikale Stille, und habe vergessen, was jetzt zu geschehen hat. Was jetzt zu tun ist. Was hier ansteht. Was vorgesehen ist. Ich schaue auf meine Papiere, sehe Worte, geschrieben von mir, doch ich verstehe nichts. Ich verstehe die von mir für hier notierten Worte nicht mehr. Ich registriere, zu spät, dass meine Hand ihre Halt-Such-Bewegung zum Kopf gemacht hat, das wollte ich vermeiden hier, aber was heißt hier überhaupt noch ich? Der Körper tut, was er will, der Fremde, den ich bewohne, in dauernder Panik. HASS. Wut ist entstanden, aus dem Unglück, so zu sein, wie man, wie es sich eben wieder zeigt, offensichtlich ist, Unglück, Selbsthass, Hass, sich selber freiwillig, nur: wieso denn?, wieso?, in diese Situation hier gebracht zu haben. Warum? Und am Hass kristallisiert der erste, klare, normale Gedanke an. Ich setze mich hin. So einfach ist das. Genial. Ich lege meine Tasche auf den Tisch und fange an, die mitgebrachten Bücher auszupacken. Animationen. Elementarteilchen. Die Spuren der Macht. Amsterdam. Julie Burchill. Flaubert. Mahlers Zeit. Und mehr, mehr, immer noch mehr. Und wie die Bücher um mich herum wachsen, zu kleinen Türmen, Bergen, leicht verrutscht, Berge, die in echt Gebirge sind, wie ich merke, wo ich stehe, auf die Art, wer ich bin, was das hier ist, die Lesung, der Text, die Klarheit, die Stille und Schönheit der Worte hier, fixiert auf Papier, schwarz auf weiß, dieses Fest der äußersten Farben, werde ich ruhiger. Ich schaue die Leute an, sehe die Freundlichkeit ihrer Anteilnahme und sage: »Kleine Verwirrung, gleich gehts los.« Ich hatte mich, jetzt fällt es mir wieder ein, entschuldigen wollen, für die Gefahr, zu der ich sie lesend gleich würde verführen wollen, Milde, Nachsicht, Aufschub der Härte. Falsch. Man darf sich nicht entschuldigen. Ich weiß. Der Punkt ist nur: ich vergesse dauernd, was ich weiß. Und denke jetzt, wie ich das Gesicht von Albert im Publikum sehe: er reiste. Er lernte die Schwermut der Schiffe kennen. Ich will das Buch nehmen, die Erziehung des Herzens, um mit dieser Stelle, mit diesem Gedanken, mit dieser Geschichte hier anzufangen, da greift der diesen Plan umstürzende Gedanke nach mir, und ich höre mich sagen: »Ich widme die heutige Lesung hier in München« – Moment, falsch. Ich hatte gedacht an die Abiturzeit, die Griechenland-Fahrt und die Geschichte unserer Freundschaft. Julien Greens Ende einer Welt: da war der Gedanke hergekommen, merke ich, da schau ich hin. Ich strecke die linke Hand aus, nehme das Buch, öffne es, ganz vorn, und fange an zu lesen.

Später taumelten wir selig durch den Raum. Es wirbeln die Bilder, wir reden und lachen. Wir prosten einander zu und rauchen Zigaretten, man redet mit Fremden, mit Freunden, man steht da und geht rum, von der Bar in die Ecke, von vor dem Bild nach seitlich daneben, man ist mal in Szenen aktiv, dann Zuschauer. Wir hatten diese Sache hier also hinter uns gebracht, es war eine Mutprobe gewesen. Wir waren durchgekommen, wir hatten es überstanden. Lesung, Erzählung, Geschichte. Ich stehe neben Max in einer größeren Gruppe, die anderen reden, es geht um eine neue Platte. Nightlife. Eben hatte ich mich mit Eckhart noch darüber verständigt, eine Jahrzehnt-Platte, sowas wie Matrix vielleicht. Und jetzt denke ich: ist doch völlig egal andererseits. Es geht nicht um Urteil, es geht um ganz andere Dinge. Max sagt was zu mir. Ich weiß, was er meint, und sage: »verstehe«. Wir prosten uns wieder zu. Und der Rausch kommt, die Auflösung, endlich. Endlich ist es vorbei. Wir stehen draußen vor dem Club, im Dunklen. Ein Wind weht, und ich atme ein: es riecht schon fast wie Herbst. Ich stehe da und schwanke. Alexa nimmt meine Hand. Sie zieht mich zu sich her, ich kippe, halte mich, und dann küssen wir uns plötzlich. Ah, so, das war es also, das Vergessene. Wir schauen uns an. »Komm, wir gehen«, sagt sie. Ich muss lachen, und dann gehen wir los. Es wird auch schon heller. In der Luft zu hören: die Frühe. Die Autos, ein Bus, eine ferne Sirene. Neben mir spüre ich den Körper der Frau, in die ich verliebt bin. Hopla, ich war gestolpert. »Schatz,« sagt sie, »du bist ja betrunken.« Und ich sage: »Ja, Schatz, das stimmt.«